中公文庫

文　豪　と　食

食べ物にまつわる珠玉の作品集

長山靖生編

中央公論新社

目次

文豪と食

食べ物にまつわる珠玉の作品集

牛鍋「牛鍋」

森　鷗外

鍋はぐつぐつ煮える。

牛肉の紅《くれない》は男のすばしこい箸で反《かえ》される。白くなった方《ほう》が上《うえ》になる。

斜に薄く切られた、ざくと云う名の葱は、白い処が段々に黄いろくなって、褐色の汁の中へ沈む。

箸のすばしこい男は、三十前後であろう。晴著らしい印半纏を着ている。傍に折鞄が置いてある。

酒を飲んでは肉を反《かえ》す。肉を反《かえ》しては酒を飲む。

酒を注いで遣る女がある。

男と同年位であろう。黒繻子の半衿の掛かった、縞の綿入に、余所行の前掛をしている。

女の目は断えず男の顔に注がれている。永遠に渇しているような目である。

目の渇は口の渇を忘れさせる。女は酒を飲まないのである。

箸のすばしこい男は、二三度反した肉の一切れを口に入れた。

丈夫な白い歯で旨そうに噬んだ。

永遠に渇している目は動く腭に注がれている。

併し此腭に注がれているのは、この二つの目ばかりではない。目が今二つある。

今二つの目の主は七つか八つ位の娘である。無理に上げたようなお煙草盆に、小さい花簪を挿している。

白い手拭を畳んで膝の上に置いて、割箸を割って、手に持って待っているのである。

男が肉を三切四切食った頃に、娘が箸を持った手を伸べて、一切れの肉を挟もうとした。男に遠慮がないのではない。そんならと云って男を憚るとも見えない。

「待ちねえ。そりゃあまだ煮えていねえ」

娘はおとなしく箸を持った手を引っ込めて、待っている。

永遠に渇している目には、娘の箸の空しく進んで空しく退いたのを見る程の余裕がない。

暫くすると、男の箸は一切れの肉を自分の口に運んだ。それはさっき娘の箸の挟もうとした肉であった。

娘の目は又男の顔に注がれた。その目の中には怨も怒もない。只驚がある。

永遠に渇している目には、四本の箸の悲しい競争を見る程の余裕がなかった。

女は最初自分の箸を割って、盃洗の中の猪口を挟んで男に遣った。箸はその儘膳の縁に寄せ掛けてある。永遠に渇している目には、又此箸を顧みる程の余裕がない。

娘は驚の目をいつ迄男の顔に注いでいても、食べろとは云って貰われない。もう好い頃だと思って箸を出すと、その度毎に「そりゃあ煮えていねえ」を繰り返される。

驚の目には怨も怒もない。併し卵から出たばかりの雛に穀物を啄ませ、胎を離れたばかりの赤ん坊を何にでも吸い附かせる生活の本能は、驚の目の主《ぬし》にも動く。娘は箸を鍋から引かなくなった。

男のすばしこい箸が肉の一切れを口に運ぶ隙に、娘の箸は突然手近い肉の一切れを挟んで口に入れた。もうどの肉も好く煮えているのである。

少し煮え過ぎている位である。

男は鋭く切れた二皮目で、死んだ友達の一人娘の顔をちょいと見た。叱りはしないのである。

只これからは男のすばしこい箸が一層すばしこくなる。代りの生《なま》を鍋に運ぶ。運んでは反す。反しては食う。

併し娘も黙って箸を動かす。驚の目は、或る目的に向って動く活動の目になって、それが暫らくも鍋を離れない。

大きな肉の切れは得られないでも、小さい切れは得られる。好く煮えたのは得られないでも、生煮えなのは得られる。肉は得られないでも、葱は得られる。

浅草公園に何とかいう、動物をいろいろ見せる処がある。名高い狒々のいた近辺に、母と子との猿を一しょに入れてある檻があって、その前には例の輪切にした薩摩芋が置いてある。見物がその芋を竿の尖に突き刺して、檻の格子の前に出すと、猿の母と子との間に悲しい争奪が始まる。芋が来れば、母の乳房を銜んでいた子猿が、乳房を放して、珍らしい芋の方を取ろうとする。母猿もその芋を取ろうとする。子猿が母の腋を潜り、股《また》を潜り、背に乗り、頭に乗って取ろうとしても、芋は大抵母猿の手に落ちる。それでも四つに一つ、五つに一つは子猿の口にも入る。

母猿は争いはする。併し芋がたまさか子猿の口に這入っても子猿を窘《いじ》めはしない。本能は存外醜悪でない。

箸のすばしこい本能の人は娘の親ではない。親でないのに、たまさか箸の運動に娘が成功しても叱りはしない。

人は猿よりも進化している。

四本の箸は、すばしこくなっている男の手と、すばしこくなろうとしている娘の手とに使役せられているのに、今二本の箸はとうとう動かずにしまった。

永遠に渇している目は、依然として男の顔に注がれている。世に苦味走ったという質《たち》の男の顔に注がれている。

一の本能は他の本能を犠牲にする。

こんな事は獣にもあろう。併し獣よりは人に多いようである。

人は猿より進化している。

ビフテキ「牛肉と馬鈴薯」

国木田独歩

明治倶楽部《めいじくらぶ》とて芝区桜田本郷町《しばくさくらだほんごうちょう》のお壕端《ほりばた》に西洋作《せいようづくり》の余《あま》り立派《りっぱ》ではないが、それでも可《か》なりの建物があった。建物は今でもある。しかし持主が代《かわ》って、今では明治倶楽部其者《そのもの》はなくなって了《しま》った。

この倶楽部が未《ま》だ繁昌《はんじょう》して居た頃《ころ》のことである。或年《あるとし》の冬の夜《よる》、珍らしくも二階の食堂に燈火《あかり》が点《つ》いて居て、時々《おりおり》高く笑う声が外面《そと》に漏《も》れて居た。元来この倶楽部は夜分人の集って居ることは少ないので、ストーブの煙は平常《いつ》も昼間《ひるま》ばかり立ちのぼって居るのである。

然るに八時は先刻《さっき》打っても人々は未《ま》だなかなか散《さん》じそうな様子《ようす》も見えない。人力車《くるま》が六台玄関の横に並んで居たが、車夫どもは皆《みん》な勝手《かって》の方で例の一六勝負最中《さいちゅう》らしい。

すると一人《ひとり》の男、外套の襟《えり》を立てて中折帽《なかおれぼう》を面深《まぶか》に被《かぶ》ったのが、真暗な中からひょっくり現われて、いきなり手荒く呼鈴《よびりん》を押した。

内から戸が開《あ》くと、

「竹内君は来てお出《いで》ですかね」と低い声の沈重《おちつ》いた調子で訊《たず》ねた。

「ハア、お出《いで》で御座《ござ》います、貴方《あなた》は？」と片眼の細顔《ほそがお》の、和服を着た受付が叮嚀《ていねい》に言った。

「これを」

と出《いだ》した名刺には五号活字で岡本誠夫《おかもとせいふ》としてあるばかり、何《なん》の肩書《かたがき》もない。受付は其《それ》を受取り、急いで二階に上って去《い》ったが、間《ま》もなく降《お》りて来て、

「どうぞ此方《こちら》へ」と案内した、導かれて二階へ上《あが》ると、煖炉《ストーブ》を熾《さかん》に燃《た》いて居たので、ムッとする程温《ほどあった》かい。煖炉《ストーブ》の前には三人、他の三人は少し離れて椅子《いす》に倚《よ》って居る。傍《かたわら》の卓子《テーブル》にウイスキーの壜《びん》が載《の》って居て、こ、こっぷの飲み干したるもあり、注いだままのもあり、人々は可《い》い加減に酒が廻《ま》わって居たのである。

岡本の姿を見るや竹内は起《た》って、元気よく、

「まア之《こ》れへ掛け給《たま》へ」と一の椅子《いす》をすすめた。

岡本は容易に坐に着《つ》かない。見廻すと其中《そのうち》の五人は兼《かね》て一面識位《めんしきぐらい》はある人であるが、一人《ひとり》、色の白い中肉《ちゅうにく》の品《ひん》の可《よ》い紳士は未《ま》だ見識《みし》らぬ人である。竹内はそれと気がつき、

「ウン貴方《あなた》は未だ此方《このかた》を御存知ないだろう、紹介しましょう、此方《このかた》は上村君《かみむらくん》と言って北海道炭礦会社の社員の方です、上村君、此方《このかた》は僕の極《ご》く旧い朋友《ともだち》で岡本君……」と未《ま》だ言い了《おわ》らぬに上村と呼ばれし紳士は快活な調子で、

「ヤ、初めて……お書きになった物は常に拝見して居ますので……今後御懇意《ごこんい》に……」

岡本は唯《た》だ「どうかお心易《こころやす》く」と言ったぎり黙って了《しま》った。そして椅子に倚《よ》った。

「サア其先《その》を……」と綿貫《わたぬき》という背の低い、真黒の頬髭《ほおひげ》を生《はや》して居る紳士が言った。

「そうだ！　上村君、それから？」と井山《いやま》という眼のしょぼしょぼした頭髪《あたまのけ》の薄い、痩《やせ》方《がた》の紳士が促《うなが》した。

「イヤ岡本君が見えたから急に行《や》りにくくなった。ハハハハ」と炭礦会社の紳士は少し羞《は》にかんだような笑方《わらいかた》をした。

「何《なん》ですか？」

岡本は竹内に問《と》うた。

「イヤ至極面白《しごくおもしろ》いんだ。何《なに》かの話の具合で我々の人生観《じんせいかん》を話すことになってね、まア聴《き》いて居給へ。名論卓説《めいろんたくせつ》、滾々《こんこん》として尽きずだから」

「ナニ最早《もう》大概吐き尽したんですよ。貴方《あなた》は我々俗物党《ぞくぶつとう》と違って真物《ほんもの》なんだから、幸《さいわい》貴方《あなた》のを聞きましょう、ね諸君！」

と上村は逃げかけた。

「いけないいけない、先《ま》ず君の説を終《お》え給《たま》え！」

「是非《ぜひ》承わりたいものです」と岡本はウイスキーを一杯、下にも置かないで飲み干《ほ》した。

「僕のは岡本君の説とは恐らく正反対だろうと思うんでね。要之《つまり》、理想と実際は一致しない。到底《とうてい》一致しない……」

「ヒヤヒヤ」と井山が調子を取った。

「果《はた》して一致しないとならば、理想に従うよりも実際に服するのが僕の理想だというのです」

「ただそれ丈《だ》けですか」と岡本は第二の杯《さかずき》を手にして唸《うな》るように言った。

「だってねエ、理想は喰《た》べられませんものを！」と言った上村の顔は兎《うさぎ》のようであった。

「ハハハハビフテキじゃアあるまいし！」と竹内は大口《おおぐち》を開《あ》いて笑った。

「否《いや》ビフテキです。実際はビフテキです。スチューです」

「オムレツかね！」と今まで黙って半分眠りかけて居た、真紅《まっか》な顔をして居る松木《まつき》、坐《ざ》中《ちゅう》で一番年の若そうな紳士が真面目《まじめ》で言った。

「ハッハハッハッ」と一坐《ざ》が噴飯《ふき》だした。

「イヤ笑いごとじゃアないよ」と上村は少し躍起《やっき》になって、

「例《たと》えて見ればそんなものなんで、理想に従えば芋《いも》ばかし喰って居なきァならない。ことによると馬鈴薯《いも》も喰えないことになる。諸君は牛肉と馬鈴薯《いも》と何《どっ》ちが可《い》い？」

「牛肉が可《い》いねエ！」と松木は又《また》眠むそうな声で真面目《まじめ》に言った。

「然《しか》しビフテキに馬鈴薯《いも》は附属物《つきもの》だよ」と頰髭《ほおひげ》の紳士が得意らしく言った。

「そうですとも！　理想は則《すなわ》ち実際の附属物《つきもの》なんだ！　馬鈴薯《いも》も全《まる》きり無いと困る。しかし馬鈴薯《いも》ばかりじゃア全く閉口する！」

と言って、上村はやや満足したらしく岡本の顔を見た。

「だって北海道は馬鈴薯《じゃがいも》が名物だって言うじゃアありませんか？」と岡本は平気で訊《たず》ねた。

「其の馬鈴薯《じゃがいも》なんです、僕はその馬鈴薯《じゃがいも》には散々酷《ひど》い目に遭ったんです。ね、竹内君は御存知ですが僕は斯《こ》う見えても同志社の旧《ふる》い卒業生なんで、矢張《やはり》その頃は熱心なアーメンの仲間《なかま》で、言い換《か》えれば大々的馬鈴薯党《じゃがいもとう》だったんです！」

「君が？」とさも不審《ふしん》そうな顔色《かおつき》で井山がしょぼしょぼ眼《まなこ》を見張《みは》った。

「何も不思議《ふしぎ》は無いサ。其頃《そのころ》はウラ若いんだからね。岡本君はお幾歳《いくつ》かしらんが、僕が、同志社を出たのは二十二でした。十三年も昔なんです。それはお目に掛けたいほど熱心なる馬鈴薯党《じゃがいもとう》でしたがね。学校に居る時分から僕は北海道と聞くと、ぞくぞくするほど惚《ほ》れて居たもんで、清教徒《ピューリタン》を以て任じて居たのだから堪《たま》らない！」

「大変な清教徒《ピューリタン》だ！」と松木が又《ま》た口を入れたのを、上村は一寸《ちょっ》と腮《あご》で止めて、ウイスキーを嘗《な》めながら、

「断然この汚れたる内地を去って、北海道自由の天地に投じようと思いましたね」と言っ

た時、岡本は凝然《じっ》と上村の顔を見た。

「そしてやたらに北海道の話を聞いて歩いたもんだ。伝道師《でんどうし》の中《うち》に北海道へ往って来たという者があると直《す》ぐ話を聴《き》きに出掛けましたよ。処《ところ》が又先方《またせんぽう》は旨《うま》いことを話して聞かすんです。やれ自然《ネーチャー》が何《ど》うだの、石狩河《いしかりがわ》は洋々とした流れだの、見渡すかぎり森又《ま》た森だの、堪《たま》ったもんじゃアない！　僕は全然《すっかり》まいッちまいました。そこで僕は色々と聞きあつめたことを綜合《そうごう》して如此《こんな》ふうな想像を描《えが》いて居たもんだ。……先《ま》ず僕が自己の額《ひたい》に汗して森を開き林を倒し、そしてこれに小豆《あずき》を撒《ま》く、……」

「その百姓《ひゃくしょう》が見たかったねエ。ハッハッハッハッハッハッ」と竹内は笑いだした。

「イヤ実地《じっち》行《や》ったのサ。まア待ち給え、追い追い其処《そこ》へ行くから……、其内《そのうち》にだんだんと田園が出来《でき》て来る、重《おも》に馬鈴薯《じゃがいも》を作る、馬鈴薯《じゃがいも》さえ有りゃア喰うに困らん……」

「ソラ馬鈴薯《じゃがいも》が出た！」と松木は又《ま》た口を入れた。

「其処《そこ》で田園の中央《まんなか》に家がある。構造は極めて粗末《そまつ》だが一見《けん》米国風に出来て居る。新英洲《ニューイングランド》植民時代《しょくみんじだい》そのままという風に出来《でき》て居る。屋根が斯《こ》う急勾配《きゅうこうばい》になって物々しい煙突《えんとつ》が横の方に一つ。窓を幾個《いくつ》附けたものかと僕は非常に気を揉《も》んだことがあったッけ……」

「そして真個《ほんと》に其家《そのいえ》が出来《でき》たのかね」と井山は又《また》しょぼしょぼ眼《まなこ》を見張った。

「イヤこれは京都に居た時の想像だよ、窓で気を揉《も》んだのは……そうだそうだ若王寺《にゃくおうじ》へ散歩に往《い》って帰る時だった！」

「それからどうしました？」と岡本は真面目《まじめ》で促《うな》がした。

「それから北の方へ防風林《ぼうふうりん》を一区劃《くかく》、なるべくは林を多く取って置くことにしました。それから水の澄み渡った小川が此防風林《このぼうふうりん》の右の方からうねり出て屋敷《やしき》の前を流れる。無論《むろん》この川で家鴨《あひる》や鵞鳥《がちょう》が其紫《そのむらさき》の羽や真白な背《せ》を浮べてるんですよ。此川《この》に三寸厚さの一枚板《まいいた》で橋が架《か》かって居る。これに欄干《らんかん》を附《つ》けたものか附《つ》けないものかと色々工夫《くふう》したが矢張《やは》り附《つ》けないほうが自然だというんで附《つ》けないことに極《き》めました……まア構造はこんなものですが、僕の想像はこれで満足しなかったのだ……先《ま》ず冬になると……」

「ちょッとお話の途中ですが、貴方《あなた》は其の『冬』という音《おん》にかぶれやアしませんでしたか？」と岡本は訊《たず》ねた。

上村は驚いた顔色をして、

「貴方《あなた》は如何《どう》して其《それ》を御存知です。これは面白《おもしろ》い！　有繫貴方《さすがあなた》は馬鈴薯党《じゃがいもとう》だ！　冬と聞いては全く堪《たま》りませんでしたよ。何《なん》だか其の冬即《すな》わち自由というような気がしましてねエ！　それに僕は例の熱心なるアーメンでしょう。クリスマス万歳の仲間《なかま》でしょう。クリスマスと来ると何《ど》うしても雪がイヤという程降って、軒《のき》から棒のような氷柱《つらら》が下って居ないと嘘《うそ》のようでしてねエ。だから僕は北海道の冬というよりか冬即《すなわ》ち北海道という感《かん》が有ったのです。北海道の話を聴《き》いても、『冬になると……』と斯《こ》ういわれると、身体《からだ》が斯うぶるぶるッとなったものです。それで例の想像にもです。冬になると雪が全然《すっかり》家を埋めて了《しま》う。そして夜は窓硝子《まどがらす》から赤い火影《ほかげ》がチラチラと洩《も》れる。折り折り風がゴーッと吹いて来て林の梢《こずえ》から雪がばたばたと墜《お》ちる。牛部屋でホルスタイン種《しゅ》の牡牛《めうし》がモーッと唸《うな》る！」

「君は詩人だ！」と叫んで床を靴で蹶《け》ったものがある。これは近藤《こんどう》といって岡本が此部屋《このへや》に入《はい》って来て後も一言も発しないで、唯《た》だウイスキーと首引《くびっぴき》をして居た背《せ》の高い、一癖《くせ》あるべき顔構《つらがまえ》をした男である。

「ねエ岡本君！」と言い足《た》した。岡本はただ、黙って首肯《うなず》いたばかりであった。

「詩人？　そうサ、僕は其頃《そのころ》は詩人サ、『山々霞み入合《いりあい》の』というグレーのチヤーチヤードの飜訳《ほんやく》を愛読して自分で作《つく》って見たものだアね。今日の新体詩人《しんたいしじん》から見ると僕は先輩だアね」

「僕も新体詩《しんたいし》なら作《つく》ったことがあるよ」と松木は今度《こんど》は少し乗地《のりぢ》になって言った。

「ナーニ僕だって二つ三つ作《やっ》たものサ」と井山が負《ま》けぬ気になって真面目《まじめ》に言った。

「綿貫君、君はどうだね？」と竹内が訊《たず》ねた。

「イヤお恥しいことだが僕は御存知の女気《おんなけ》のない通り詩人気《しじんけ》は全くなかった。『権利義務』

で一貫《かん》して了《しま》った。如何《どう》だろう僕は余程《よほど》俗骨が発達してると見える！」と綿貫《わたぬき》は頭《あたま》を撫でて見た。

「イヤ僕こそ甚《はなは》だお恥しい話だがこれで矢張《やは》り作《やっ》たものだ。そして何かの雑誌に二つ三つ載《の》せたことがあるんだ！　ハッハッハッハッハッ」

「ハッハッハッハッハッハッ」と一同が噴飯《ふきだ》して了《しま》った。

「そうすると諸君は皆《みんな》詩人の古手《ふるて》なんだね。ハッハッハッハッ奇談々々《きだんきだん》！」と綿貫が叫んだ。

「そうか。諸君も作《やっ》たのか。驚いた。其《その》昔は皆《みん》な馬鈴薯党《じゃがいもとう》なんだね」と上村は大に面目《めんもく》を施《ほど》こしたという顔付《かおつき》。

「お話の先を願いたいものです」と岡本は上村を促《うなが》した。

「そうだ、先をやり給《たま》え！」と近藤は殆《ほとん》ど命令するように言った。

「宜《よろ》しい！　それから僕は卒業するや一年ばかり東京でマゴマゴして居たが、断然と北海道へ行った。其時《そのとき》の心持《こころもち》といったら無いね。何《なん》だか斯《こ》う馬鹿野郎！　というような心持《こころもち》がしてねエ。上野の停車場《ステーション》で汽車に乗って、ピューッと汽笛が鳴って汽車が動きだすと僕は窓から頭《あたま》を出して東京の方へ向いて唾《つばき》を吐きかけたもんだ。そして何《なん》とも言えない嬉しさがこみ上げて来て人知れずハンケチで涙を拭いたよ真実《ほんと》に！」

「一寸《ちょっ》と君、一寸《ちょっ》と『馬鹿野郎！』というような心持《こころもち》というのは僕には了解が出来《でき》ないが……其の如何《どう》いうんだね？」と権利義務の綿貫が真面目《まじめ》で訊《たず》ねた。

「唯《た》だ東京の奴等《やつら》を言ったのサ、名利《めいり》に汲々《きゅうきゅう》として居る其醜態《そのざま》は何《なん》だ！　馬鹿野郎！　乃公《おれ》を見ろ！　という心持《こころもち》サ」と上村も亦《ま》た真面目《まじめ》で註解《ちゅうかい》を加えた。

「それから道行《みちゆき》は抜《ぬき》にして、兎《と》も角《かく》無事に北海道は札幌《さっぽろ》へ着いた。馬鈴薯《じゃがいも》の本場へ着いた。そして苦もなく十万坪の土地が手に入《はい》った。サアこれからだ、所謂《いわゆ》る額《ひたい》に汗するのはこれからだというんで直《ただち》に着手したねエ。尤《もっと》も僕と最初から理想を一《いっ》にして居る友人、今は矢《やっ》張《ぱり》僕と同じ会社へ出て居るがね、それと二人《ふたり》で開墾事業《かいこんじぎょう》に取掛ったのだ。そら、竹内君知って居るだろう梶原信太郎《かじわらしんたろう》のことサ……」

「ウン梶原君が⁉　彼《あれ》が矢張馬鈴薯《やっぱりじゃがいも》だったのか。今じゃア豚のように肥《ふと》ってるじゃアないか」と竹内も驚いたようである。

「そうサ、今じゃア鬼のような顔《つら》をして、血のたれるビフテキを二口《くち》に喰《く》って了《しま》うんだ。処《ところ》が先生僕と比較すると初《はじめ》から利口であったねエ。二月《つき》ばかりも辛棒《しんぼう》して居たろうか、或日《あるひ》こんな馬鹿気たことは断然止そうという動議を提出した。其《その》議論は何も自《みず》から斯《こ》んな思《おもい》をして隠者《いんじゃ》になる必要はない。自然と戦うよりか寧《むし》ろ世間と格闘しようじゃアないか。馬鈴薯《じゃがいも》よりか牛肉の方が滋養分が多いというんだ。僕は其時大《そのときおおい》に反対した。君止《よ》すなら止せ。僕は一人《ひとり》でもやると力《りき》んだ。すると先生やるなら勝手《かって》にやり給《たま》え。君も最少《もすこ》しすると悟るだろう。要するに理想は空想だ。痴人《ちじん》の夢だ。なんて捨台辞《すてぜりふ》を吐いて直《す》ぐ去《い》って了《しま》った。取残された僕は力《りき》んでは見たものの内々心細《こころぼそ》かった。それでも小作人《こさくにん》の一人二人を相手に、其後《そのご》三月《みつき》ばかり辛棒《しんぼう》したねエ。豪《えら》いだろう！」

「馬鹿なんサ！」と近藤が叱《しか》るように言った。

「馬鹿？　馬鹿たア酷《こく》だ！　今から見れば大馬鹿サ。然《しか》し其時《そのとき》は全く豪《えら》かったよ」

「矢張《やっぱり》馬鹿サ。初《はじめ》から君なんかの柄《がら》にないんだ。北海道で馬鈴薯《じゃがいも》ばかし食おうなんていう柄じゃアないんだ。それを知らないで三月《つき》も辛棒するなア馬鹿としか言えない！」

「馬鹿なら馬鹿でもよろしいとして、君のいう『柄《がら》にない』ということは次第《しだい》に悟《さと》って来たんだ。難有《ありがた》いことには僕に馬鈴薯《じゃがいも》の品質《がら》が無かったのだ。其処《そこ》で夏も過ぎて楽しみにして居た『冬』という例の奴が漸次《だんだん》近づいて来た。其露払《そのつゆはらい》が秋、第一秋からして思ったよりか感心しなかったのサ。森《しん》とした林の上をパラパラと時雨《しぐれ》て来る。日の光が何《なん》となく薄いような気持《きもち》がする。話相手はなしサ、食うものは一粒幾価《いくら》と言いそうな米を少しばかりと例の馬《うま》の鈴《すず》。寝る処は木の皮を壁に代用した掘立小屋《ほったてごや》」

「それは貴方《あなた》覚悟の前《まえ》だったでしょう！」と岡本が口を入れた。

「其処《そこ》ですよ。理想よりか実際の可《い》いほうが可《い》いというのは。覚悟はして居たものの矢張《やは》り余り感服《かんぷく》しませんでしたねエ。第一、それじゃア痩《や》せますもの」

上村は言って杯《さかずき》で一寸《ちょっ》と口を湿して、

「僕は痩せようとは思って居なかった！」

「ハッハッハッハッハッハッ」と一同《みんな》笑いだした。

「そこで僕はつくづく考えた。成程《なるほど》梶原の奴の言った通りだ。馬鹿げきって居る。止《よ》そうッというんで止《よ》しちまったが、あれで彼《あ》の冬を過ごしたら僕は死んで居たね」

「其処《そこ》で如何《どう》いうんです、貴方《あなた》の目下《もっか》のお説は？」と岡本は嘲《あざけ》るような、真面目《まじめ》な風で言った。

「だから馬鈴薯《じゃがいも》には懲々《こりこり》しましたというんです。何《なん》でも今は実際主義で、金が取れて旨《うま》いものが喰えて、斯《こ》うやって諸君と煖炉《ストーブ》にあたって酒を飲んで、勝手な熱を吹き合う。腹が減《す》いたら牛肉を食う……」

「ヒヤヒヤ僕も同説だ。忠君愛国だってなんだって牛肉と両立しないことはない。それが両立しないというなら両立さすことが出来《でき》ないんだ。其奴《そいつ》が馬鹿なんだ」と綿貫は大《おおい》に敦圉《いきま》いた。

「僕は違うねエ！」と近藤は叫んだ。そして煖炉《ストーブ》を後《うしろ》に椅子《いす》へ馬乗《うまのり》になった。凄《すご》い光を帯びた眼で座中を見廻《みまわ》しながら、

「僕は馬鈴薯《じゃがいも》党でもない。牛肉党でもない！　上村君なんかは最初、馬鈴薯《じゃがいも》党で後に牛肉党に変節したのだ。即《すなわ》ち薄志《はくし》弱行《じゃくこう》だ。要するに諸君は詩人だ。詩人の堕落したのだ。だから無暗《むやみ》と鼻をひくひくさして牛《うし》の焦《こげ》る臭《におい》を嗅《か》いで歩く。其醜体《そのざま》ったらない！」

「オイオイ、他人《ひと》を悪口《あくこう》する前に先自家《まずじか》の所信を吐くべしだ。君は何《なん》の堕落なんだ」と上村が切り込んだ。

「堕落？　堕落たア高い処《ところ》から低い処《ところ》へ落ちたことだろう。僕は幸《さいわい》にして最初から高い処《ところ》に居ないから其様外見《そんなみっとも》ないことはしないんだ！　君なんかは主義で馬鈴薯《じゃがいも》を喰ったのだ。嗜《す》きで喰ったのじゃアない。だから牛肉に餓《う》えたのだ。僕なんかは嗜《す》きで牛肉を喰うのだ。だから最初から、餓《う》えぬ代り今だってがつがつしない。……」

「一向《いっこう》要領を得ない！」と上村が叫んだ。近藤は直《ただ》ちに何ごとをか言い出さんと身構《みがまえ》をした時、給仕の一人《ひとり》がつかつかと近藤の傍に来て其耳《その》に附《つ》いて何ごとをか囁《ささや》いた。すると、

「近藤は、この近藤はシカク寛大なる主人《しゅじん》ではない、と言って呉《く》れ！」と怒鳴《どな》った。

「何《なん》だ？」と坐中《ざちゅう》の一人が驚《ま》いて聞いた。

「ナニ、車夫《しゃふ》の野郎《やろう》、又《ま》た博奕《ばくち》に敗けたから少し貸して呉《く》れろと言うんだ。……要領を得ないたア何《なん》だ！　大《おおい》に要領を得て居るじゃアないか。君等《きみら》は牛肉党なんだ。牛肉主義なんだ。僕のは牛肉が最初から嗜《す》きなんだ。主義でもへチマでもない！」

「大《おお》いに賛成ですなア」と静《しず》かに沈重《おちつ》いた声で言った者がある。

「賛成でしょう！」と近藤はにやり笑って岡本の顔を見た。

「至極《しごく》賛成ですなア、主義でないと言うことは至極《しごく》賛成ですなア、世の中の主義って言う奴ほど愚《ぐ》なものはない」と岡本は其冴《そのさ》え冴《ざ》えした眼光《がんこう》を座上《ざじょう》に放《はな》った。

「其説《その》を承《うけたまわ》ろう、是非《ぜひ》願いたい！」と近藤は其《その》四角な腮《あご》を突き出した。

「君は何方《どちら》なんです、牛《ぎゅう》と薯《いも》、エ、薯《いも》でしょう？」と上村は知った顔《がお》に岡本の説を誘《いざな》うた。

「僕も矢張《やはり》、牛肉党《ぎゅうにくとう》に非ず、馬鈴薯党《じゃがいもとう》にあらずですなア。然《しか》し近藤君のように牛肉が嗜《す》きとも決《きま》って居ないんです。勿論《もちろん》例の主義という手製《てせい》料理は大嫌《だいきらい》ですが、さりとて肉《にく》とか薯《いも》とかいう嗜好《しこう》にも従うことが出来《でき》ません」

「それじゃア何《なん》だろう？」と井山が其尤《そのもっと》もらしいしょぼしょぼ眼《まなこ》をぱちつかした。

「何《なん》でもないんです。比喩《ひゆ》は廃して露骨に申しますが、僕はこれぞという理想を奉《ほう》ずることも出来《でき》ず、それならって俗に和して肉欲を充《み》たして以《もっ》て我生足《わがせいた》れりとすることも出来《でき》ないのです、出来《でき》ないのです、為《し》ないのではないので、実をいうと何方《どちら》でも可《い》いから決めて了《しま》ったらと思うけれど、何《なん》という因果か、今以て唯《た》った一つ不思議《ふしぎ》な願を持《もっ》て居るから、其《その》ために何方《どちら》とも得決《えき》めないで居ます」

「何《なん》だね、其の不思議《ふしぎ》な願《ねがい》と言うのは？」と近藤は例の圧《お》しつけるような言振《いいぶり》で問うた。

「一口《くち》には言えない」

「まさか狼《おおかみ》の丸焼《まるやき》で一杯飲みたいという洒落《しゃれ》でもなかろう？」

「まず其様《そん》なことです。……実は僕、或少女《あるむすめ》に懸想《けそう》したことがあります」と岡本は真面目《まじめ》で語り出《いだ》した。

「愉快々々、談愈々佳境《だんいよいよかきょう》に入《い》って来たぞ、それからッ？」

と若い松木は椅子《いす》を煖炉《ストーブ》の方へ引寄せた。

「少し談《はなし》が突然《だしぬけ》ですがね、まず僕の不思議《ふしぎ》の願《ねがい》というのを話すには此辺《このへん》から初めましょう。其少女《そのむすめ》はなかなかの美人でした」

「ヨウ！　ヨウ！」と松木は躍上《おどりあが》らんばかりに喜んだ。

「どちらかと言えば丸顔の色のくっきり白い、肩つきの按排《あんばい》は西洋婦人のように肉附《にくつき》が佳《よ》くって而《しか》もなだらかで、眼は少し眠いような風《ふう》の、パッチリとはしないが物思《ものおもい》に沈んでるという気味《きみ》がある。此眼《このめ》に愛嬌を含めて凝然《じっ》と睇視《みつめ》られるなら大概の鉄腸漢《てっちょうかん》も軟化しますなア。処《ところ》で僕は容易にやられて了《しま》ったのです。最初其女《そのおんな》を見た時は別にそうも思って居なかったが、一度が二度、三度目位から変に引《ひき》つけられるような気がして、妙に其《その》女《おんな》のことが気になって来ました。それでも僕は未《ま》だ恋《ラブ》したとは思いませんでしたねエ。

「或日《あるひ》僕が其女《そのおんな》の家へ行きますと、両親は不在で唯《た》だ女中と其少女《そのむすめ》と妹の十二になるのと三人ぎりでした。すると少女《むすめ》は身体《からだ》の具合《ぐあい》が少し悪いと言って鬱《ふさ》いで、奥の間に独《ひとり》、つくねんと坐《すわ》って居ましたが、低い声で唱歌をやって居るのを僕は縁側《えんがわ》に腰をかけたまま聴《き》いて居ました。

『お栄《えい》さん僕はそんな声を聴《き》かされると何《なん》だか哀れっぽくなって堪《たま》りません』と思わず口に出しますと、

『小妹《わたくし》は何故《なぜ》こんな世の中に生きて居るのか解《わか》らないのよ』と少女《むすめ》がさもさも頼《たよ》なさそうに言いました。僕にはこれが大哲学者の厭世論《えんせいろん》にも優って真実らしく聞えたが、その先は詳《くわ》しく言わないでも了解《わか》りましょう。

「二人《ふたり》は忽《たちま》ち恋の奴隷《やっこ》となって了《しま》ったのです。僕は其時《そのとき》初めて恋の楽しさと哀《かな》しさとを知りました。二月《つき》ばかりというものは全《まる》で夢のように過ぎましたが、其中《そのうち》の出来事《できごと》の一二《ひとつふたつ》お安価《やすく》ない幕を談《はな》すと先《ま》ず斯《こん》なこともありましたっケ、

「或《ある》日《ひ》午後五時頃《ごろ》から友人夫婦の洋行する送別会に出席しましたが、僕の恋人も母に伴《ともな》われて出席しました。会は非常な盛会で、中には伯爵家の令嬢なども見えて居ました。夜の十時頃《ごろ》漸《ようや》く散会になり、僕はホテルから芝山内《しばさんない》の少女《むすめ》の宅まで、月が佳《よ》いから歩いて送ることにして、母と三人ぶらぶらと行《や》って来ると、途々《みちみち》母は口を極《きわ》めて洋行夫婦を褒《ほ》め、頻《しきり》と羨《うらや》ましそうなことを言って居ましたが、其言葉《そのことば》の中《うち》には自分の娘の余り出世間的《しゅっせけんてき》傾

向《こう》を有して居るのを残念がる意味があって、斯《か》かる傾向を有するも要するに其《その》交際する友に由《よ》ると言わぬばかりの文句すら交《まじ》えたので、僕と肩を寄せて歩いて居た娘《むすめ》は、僕の手を強く握りました、それで僕も握りかえした、これが母へ対する果敢《はか》ない反抗であったのです。

「それから山内《さんない》の森の中へ来ると、月が木間《このま》から蒼然《そうぜん》たる光を洩《もら》して一段の趣《おもむき》を加えて居たが、母は我々より五歩《あし》ばかり先を歩いて居ました。夜は更《ふ》けて人の通行《ゆきき》も稀になって居たから、四辺《あたり》は極めて静《しずか》に僕の靴の音、二人《ふたり》の下駄《げた》の響《ひびき》ばかり物々しゅう反響して居たが、先刻《さっき》の母の言草《いいぐさ》が胸に応《こた》えて居るので僕も娘も無言、母も急に真面目《まじめ》くさって黙って歩いて居ました。

「森影《もりかげ》暗く月の光を遮《さえぎ》った所へ来たと思うと少女《むすめ》は突然《いきなり》僕に抱きつかんばかりに寄添《よりそ》って『貴方《あなた》母の言葉を気にして小妹《わたくし》を見捨《みす》ては不可《いけ》ませんよ』と囁《ささや》き、其《その》手を僕の肩にかけるが早いか僕の左の頬《ほほ》にぺたり熱いものが触《ふれ》て一種、花にも優《まさ》る香《か》が鼻先を掠《かす》めました。突然明《あかる》い所へ出ると、少女《むすめ》の両眼には涙が一ぱい含んで居て、其顔色《そのかおいろ》は物凄いほど蒼白《あおじろ》かったが、一《ひとつ》は月の光を浴びたからでも有りましょう。何しろ僕はこれを見ると同時に一種の寒気《さむけ》を覚えて恐《こわ》いとも哀《かな》しいとも言いようのない思《おもい》が胸に塞《つか》えて、恰度《ちょうど》、鉛の塊《かたまり》が胸を圧しつけるように感じました。

「其夜《そのよ》、門口まで送り、母なる人が一寸《ちょっ》と上って茶を飲めと勧《すす》めたを辞《じ》し自宅へと帰路《きろ》に就きましたが、或難《あるむずかし》い謎をかけられ、それを解くと自分の運命の悲痛が悉《ことごと》く了解《わか》りでもするといったような心持《こころもち》がして、決して比喩《ひゆ》じゃアない、確《たしか》にそういう心持《こころもち》がして、気になってならない。そこで直ぐは帰らず山内《さんない》の淋《さみ》しい所を選《よ》ってぶらぶら歩き、何時《いつ》の間《ま》にか、丸山《まるやま》の上に出ましたから、ベンチに腰をかけて暫時《しばら》く凝然《じっ》と品川の沖の空を眺《なが》めて居ました。

『若《も》しか彼女《あのおんな》は遠からず死ぬるのじゃアあるまいか』という一念が電《いなずま》のように僕の心中《しんちゅう》最も暗き底に閃《ひらめ》いたと思うと僕は思わず躍《おど》り上《あ》がりました。そして其所《そこ》らを夢中で往《ゆ》きつ返《もど》りつ地《ち》を見つめたまま歩いて『決して其《そん》なことはない』『断じてない』と、魔《ま》を叱《しっ》するかのように言って見たが、魔《ま》は決して去らない、僕はおりおり足を止《と》めて地《ち》を凝視《みつめ》て居ると、蒼白《あおじろ》い少女《むすめ》の顔がありありと眼先《めさき》に現はれて来る、どうしても其顔色《そのかおいろ》がこの世のものでないことを示して居る。

「遂《つい》に僕は心を静めて今夜十分《ぶん》眠る方が可《よ》い、全く自分の迷《まよい》だと決心して丸山を下《お》りかけました。すると更《さら》に僕を惑乱《わくらん》さする出来事《できごと》にぶつかりました。というのは上《のぼ》る時は少《すこ》しも気がつかなかったが路傍《みちばた》にある木の枝から人がぶら下って居たことです。驚きましたねエ、僕は頭《あたま》から冷水《ひやみず》をかけられたように感じて、其所《そこ》に突立《つった》って了《しま》いました。

「それでも勇気を鼓《こ》して近づいて見ると女でした、無論《むろん》その顔は見えないが、路にぬぎ捨ててある下駄《げた》を見ると年若《としわか》の女ということが分る……僕は一切《さい》夢中《むちゅう》で紅葉館《こうようかん》の方から山内へ下りると突当《つきあたり》にある彼《あ》の交番まで駈けつけて其由《そのよし》を告げました……」

「其女《そのおんな》が君の恋して居た少女《むすめ》であったというのですかね」と近藤は冷やかに言った。

「それでは全《まる》で小説ですが、幸《さいわい》に小説にはなりませんでした。

「翌々日の新聞を見ると年は十九、兵士と通じて懐胎《かいたい》したのが兵士には国に帰って了《しま》われ、身の処置《しょち》に窮して自殺したものらしいと書いてありました。兎《と》も角《かく》僕は其夜《そのよ》殆《ほとん》ど眠りませんでした。

「然《し》かし能《よ》くしたもので、其翌日少女《そのよくじつむすめ》の顔を見ると平常《ふだん》に変って居ない。そして其《その》うっと、、りした眼に笑《わらい》を含んで迎えられると、前夜からの心の苦悩は霧のように消えて了《しま》いました。それから又一月《またひとつき》ばかりは何《なん》のこともなく、ただうれしい楽しいことばかりで……」

「成程《なるほど》これはお安価《やす》くないぞ」と綿貫が床を蹶《け》って言った。

「まア黙って聴《き》き給《たま》え、それから」と松木は至極真面目《しごくまじめ》になった。

「其先《さき》を僕が言おうか、斯《こ》うでしょう、最後《おしまい》に其少女《そのむすめ》が欠伸《あくび》一つして、それで神聖なる恋が最後《おしまい》になった、そうでしょう？」と近藤も何故《なぜ》か真面目《まじめ》で言った。

「ハッハッハッハッハッハッ」と二三人が噴飯《ふきだ》して了《しま》った。

「イヤ少なくとも僕の恋はそうであった」と近藤は言い足《た》した。

「君でも恋なんていうことを知って居るのかね」これは井山の柄《がら》にない言草《いいぐさ》。

「岡本君の談話《はなし》の途中だが僕の恋を話そうか？　一分間《いっぷんかん》で言える、僕と或少女《あるむすめ》と乙《おつ》な中《なか》になった。二人《ふたり》は無我夢中《むがむちゅう》で面白《おもしろ》い月日を送った。三月目《みつきめ》に女が欠伸《あくび》一つした。二人《ふたり》は分《わか》れた。これだけサ。要するに誰の恋でもこれが大切《おおぎり》だよ。女という動物は三月《みつき》たつと十人が十人、飽《あ》きて了《しま》う。夫婦なら仕方《しかた》がないから結合《くっつ》いて居る。然《しか》し其《それ》は女が欠伸《あくび》を噛殺《かみころ》して其日《そのひ》を送って居るに過ぎない。どうです君はそう思いませんか？」

「そうかも知れません。然《しか》し僕のは幸《さいわい》に其欠伸《そのあくび》までに達しませんでした。先を聴《き》いて下さい。

「僕も其頃《そのころ》、上村君のお話と同様、北海道熱の烈《はげ》しいのに罹《かか》って居ました。実をいうと今でも北海道の生活は好《よ》かろうと思って居ます。それで僕も色々と想像を描《えが》いて居たので、それを恋人と語るのが何よりの楽《たのしみ》でした。矢張《やはり》上村君の亜米利加風《あめりかふう》の家は僕も大判《おおばん》の洋紙に鉛筆で図取《ずどり》までしました。しかし少し違うのは冬の夜の窓からちらちらと燈火《あかり》を見せるばかりではない。折り折り楽しそうな笑声《わらいごえ》、澄んだ声で歌う女の唱歌を響かしたかったのです……」

「だって僕は相手が無かったのですもの」と上村《かみむら》が情けなそうに言ったので、どっと皆が笑った。

「君が馬鈴薯党《じゃがいもとう》を変節《へんせつ》したのも、一《ひとつ》は其故《そのせい》だろう」と綿貫《わたぬき》が言った。

「イヤ其れは嘘言《うそ》だ。上村君に若《も》し相手があったら北海道の土を踏まぬ先に変節して居ただろうと思う。女という奴は到底馬鈴薯主義《とうていじゃがいもしゅぎ》を実行し得るもんじゃアない。先天的のビフテキ党だ。恰度《ちょうど》僕のようなんだ。女は芋《いも》が嗜《す》好きなんていうのは嘘《うそ》サ！」と近藤が怒鳴《どな》るように言った。其《その》最後の一句で又《ま》た皆《みんな》がどっと笑った。

「それで二人《ふたり》は」と岡本が平気で語りだしたので漸々《ようよう》静まった。

「二人《ふたり》は将来の生活地《せいかっち》を北海道と決《き》めて居まして、相談も漸《ようや》く熟したので僕は一先《ひとまず》故郷《くに》に帰り、親族に託してあった山林田畑《さんりんでんぱた》を悉《ことごと》く売り飛ばし、其資金《そのしきん》で新開墾地を北海道に作ろうと、十日間位《かかんぐらい》の積《つもり》で国に帰ったのが、親族の故障やら代価の不折合《ふおりあい》やらで思わず二十日《はつか》もかかりました。

「すると或日《あるひ》少女《むすめ》の母から電報が来ました。驚いて取る物も取《とり》あえず帰京して見ると、少女《むすめ》は最早《もう》死んで居ました」

「死んだ？」と松木は叫んだ。

『そうです。それで僕の総《すべ》ての希望が悉《ことごと》く水の泡となって了《しま》いました』と岡本の言葉の未《ま》だ終らぬうち近藤は左《さ》の如く言った。それが全《まる》で演説口調。

「イヤどうも面白《おもしろ》い恋愛談《ラブだん》を聴《き》かされ我等《われら》一同感謝の至《いたり》に堪《たえ》ません。さりながらです、僕は岡本君の為《た》めに其《その》恋人の死を祝します、祝すというが不穏当《ふおんとう》ならば喜びます、ひそかに喜びます、寧《むし》ろ喜びます、却《かえっ》て喜びます、若《も》しも其少女《そのむすめ》にして死なんだならばです、其の結果の悲惨なる、必ず死の悲惨に増《ま》すものが有ったに違いないと信ずる」

とまでは頗《すこぶ》る真面目《まじめ》であったが、自分でも少し可笑《おか》しくなって来たか急に調子を変え、声を低うし笑味《えみ》を含ませて、

「何《なん》となれば、女は欠伸《あくび》をしますから……凡《およ》そ欠伸《あくび》に数種ある、其中《そのうち》最も悲《かなし》むべく憎《にく》む可《べ》きの欠伸《あくび》が二種ある、一は生命に倦《う》みたる欠伸《あくび》、一は恋愛に倦《う》みたる欠伸《あくび》、生命に倦《う》みたる欠伸《あくび》は男子の特色、恋愛に倦《う》みたる欠伸《あくび》は女子の天性、一は最も悲しむべく、一は最も憎むべきものである」

と少し真面目《まじめ》な口調に返り、

「即《すなわ》ち女子は生命に倦《う》むということは殆《ほとん》どない、年若い女が時々そんな様子《ようす》を見せることがある、然《しか》し其《それ》は恋に渇《かつ》して居るより生ずる変態たるに過ぎない、幸《さいわい》にして其恋《そのこい》を得る、其後幾年月《そののちいくねんげつ》かは至極《しごく》楽しそうだ、真に楽しそうだ、恐らく楽《たのしみ》という字の全意義は斯《か》かる女子の境遇に於《おい》て尽《つく》されて居るだろう、然《しか》し忽《たちま》ち倦《う》んで了《しま》う、即《すなわ》ち恋に倦《う》んで了《しま》う。女子の恋に倦《う》んだ奴ほど始末《しまつ》にいけないものは決して他《ほか》にあるまい、僕はこれを憎むべきものと

言ったが実は寧《むし》ろ憐れむべきものである、処《ところ》が男子はそうでない、往々《おうおう》にして生命そのものに倦《う》むことがある、斯《かか》る場合に恋に出遇《であ》う時は初めて一方の活路を得る。そこで全《まった》き心を捧げて恋の火中《かちゅう》に投ずるに至るのである。斯《かか》る場合に在《あっ》ては恋即《すなわ》ち男子の生命である」と言って岡本を顧《かえり》み、

「ね、そうでしょう。どうです僕の説は穿《うが》って居るでしょう」

「一向《いっこう》に要領を得ない！」と松木が叫んだ。

「ハッハッハッハッ要領を得ない？　実は僕も余り要領を得て居ないのだ、ただ今のように言って見たいので。どうです岡本君、だから僕は思うんだ君が馬鈴薯《じゃがいも》党でもなくビフテキ党でもなく唯《た》だ一の不思議《ふしぎ》なる願《ねがい》を持って居るということは、死んだ少女《むすめ》に遇《あ》いたいというんでしょう」

「否《ノー》！」と一声《ひとこえ》叫んで岡本は椅子《いす》を起《た》った。彼は最早余程《もうよほど》酔って居た。

「否《ノー》と先《ま》ず一語《ご》を下《くだ》して置きます。諸君にして若《も》し僕の不思議《ふしぎ》なる願《ねがい》というのを聴《き》いて呉《く》れるなら談《はな》しましょう」

「諸君は知らないが僕は是非聴《ぜひき》く」と近藤は腕を振った。衆皆《みんな》は唯《た》だ黙って岡本の顔を見て居たが松木と竹内は真面目《まじめ》で、綿貫と井山と上村は笑味《えみ》を含んで。

「それでは否《ノー》の一語を今一度叫んで置《お》きます。

「成程《なるほど》僕は近藤君のお察しの通り恋愛に依《よっ》て一方の活路を開いた男の一人《ひとり》である。であるから少女《むすめ》の死は僕に取っての大打撃、殆《ほとん》ど総ての希望を破壊し去ったことは先程《さきほど》申上げた通りです、若《も》し例の返魂香《はんごんこう》とかいう価物《しろもの》があるなら僕は二三百斤《きん》買い入れたい。どうか少女《むすめ》を今一度僕の手に返したい。僕の一念ここに至ると身も世もあられぬ思《おもい》がします。僕は平気で白状しますが幾度《いくたび》僕は少女《むすめ》を思うて泣いたでしょう。幾度其《いくたびその》名をよんで大空《おおぞら》を仰いだでしょう。実に彼少女《あのむすめ》の今一度《いちど》此世《このよ》に生き返って来ることは僕の願です。

「しかし、これが僕の不思議《ふしぎ》なる願《ねがい》ではない。僕の真実の願《ねがい》ではない。僕はまだまだ大《おおい》なる願《ねがい》、深い願《ねがい》、熱心なる願《ねがい》を以《もっ》て居ます。この願《ねがい》さえ叶《かな》えば少女《むすめ》は復活しないでも宜《よろ》しい。復活して僕の面前で僕を売っても宜《よろ》しい。少女《むすめ》が僕の面前で赤い舌を出して冷笑しても宜《よろ》しい。

「朝《あした》に道を聞かば夕《ゆうべ》に死すとも可《か》なりというのと僕の願《ねがい》とは大に意義を異《こと》にして居るけれど、其心持《そのこころもち》は同じです。僕は此願《このねがい》が叶《かな》わん位なら今から百年生きて居《い》ても何の益《やく》にも立《たた》ない、一向《いっこう》うれしくない。寧《むし》ろ苦しう思います。

「全世界の人悉《ひとことごと》く此願《このねがい》を有《も》って居ないでも宜《よろ》しい、僕独り此願《このねがい》を追います、僕が此願《このねがい》を追うたが為《た》めに其為《そのた》めに強盗罪を犯すに至っても僕は悔いない、殺人、放火、何でも関《かま》いません、若《も》し鬼《おに》ありて僕に保証するに、爾《なんじ》の妻を与えよ我《われ》これを姦《かん》せん爾《なんじ》の子《こ》を与えよ我これを喰《くら》わん然《しか》らば我は爾《なんじ》に爾《なんじ》の願《ねがい》を叶《かな》わしめんと言わば僕は雀躍《じゃくやく》して妻あらば妻、子あらば子を鬼に与えます」

「こいつは面白《おもしろ》い、早《はや》く其願《そのねがい》というものを聞《き》きたいもんだ！」と綿貫《わたぬき》が其髯《そのひげ》を力任《ちからまか》せに引《ひ》いて叫《さけ》んだ。

「今に申します。諸君は今日《こんにち》のようなグラグラ政府には飽《あ》きられただろうと思う、そこでビスマークとカブールとグラッドストンと豊太閤《ほうたいこう》見たような人間をつきまぜて一つ鋼鉄のような政府を形《つく》り、思切った政治をやって見たいという希望もあるに相違ない、僕も実にそういう願《ねがい》を以《もっ》て居《い》ます、併《しか》し僕の不思議《ふしぎ》なる願《ねがい》はこれでもない。

「聖人になりたい、君子になりたい、慈悲《じひ》の本尊《ほんぞん》になりたい、基督《キリスト》や釈迦《しゃか》や孔子《こうし》のような人になりたい、真実《ほんと》にそうなりたい、併《しか》し若《も》し僕の此不思議《このふしぎ》なる願《ねがい》が叶《かな》わないで以《もっ》て、そうなるならば、僕は一向《いっこう》聖人にも神の子にもなりたくありません。

「山林《さんりん》の生活《せいかつ》！　と言ったばかりで僕の血は沸《わ》きます。則《すなわ》ち僕をして北海道を思わしめたのもこれです。僕は折り折り郊外を散歩しますが、この頃《ごろ》の冬の空晴れて、遠く地平線の上に国境をめぐる連山《れんざん》の雪を戴《いただ》いて居るのを見《み》ると、直《す》ぐ僕の血は波立ちます。堪《たま》らなくなる！　然《しか》しです、僕の一念ひとたび彼《か》の願《ねがい》に触《ふ》れると、斯《こ》んなことは何《なん》でもなくなる。若《も》しも僕《ぼく》の願《ねがい》さえ叶《かな》うなら紅塵三千丈《こうじんさんぜんじょう》の都会に車夫《しゃふ》となって居てもよろしい。

「宇宙は不思議《ふしぎ》だとか、人生は不思議《ふしぎ》だとか。天地創生《てんちそうせい》の本源《ほんげん》は何《なん》だとか、やかましい議論があります。科学と哲学と宗教とはこれを研究し闡明《せんめい》し、そして安心立命《あんしんりつめい》の地を其上《そのうえ》に置こうと悶《もだ》えて居る、僕も大哲学者になりたい、ダルウィン跣足《はだし》というほどの大科学者になりたい、若《も》しくは大宗教家になりたい、併《しか》し僕《ぼく》の願《ねがい》というのはこれでもない。若《も》し僕《ぼく》の願《ねがい》が叶《かな》わないで以《もっ》て、大哲学者になったなら僕は自分を冷笑し自分の顔に「偽《いつわり》」の一字を烙印《らくいん》します」

「何《なん》だね、早く言《い》い玉《たま》え其願《そのねがい》というやつを！」と松木はもどかしそうに言った。

「言いましょう、喫驚《びっくり》しちゃアいけませんぞ」

「早く早く！」

岡本は静かに、

「喫驚《びっくり》したいというのが僕の願《ねがい》なんです」

「何《なん》だ！　馬鹿々々《ばかばか》しい！」

「何《なん》のこった！」

「落語《おとしばなし》か！」

人々は投げだすように言ったが、近藤のみは黙って岡本の説明を待って居るらしい。

「斯《こ》ういう句があります、

Awake, poor troubled sleeper : shake off
thy torpid night-mare dream.

即《すなわ》ち僕《ぼく》の願《ねがい》とは夢魔《むま》を振《ふる》い落したいことです」

「何《なん》のことだか解《わか》らない！」と綿貫は呟《つぶ》やくように言った。

「宇宙の不思議《ふしぎ》を知りたいという願《ねがい》ではない、不思議《ふしぎ》なる宇宙を驚きたいという願《ねがい》です！」

「愈々以《いよいよもっ》て謎《なぞ》のようだ！」と今度は井山が其顔《そのかお》をつるりと撫《な》でた。

「死の秘密を知りたいという願《ねがい》ではない、死ちょう事実に驚きたいという願《ねがい》です！」

「イクラでも君勝手に驚けば可《い》いじゃアないか、何《なん》でもないことだ！」と綿貫は嘲《あざけ》るように言った。

「必ずしも信仰そのものは僕の願《ねがい》ではない、信仰無くしては片時《かたとき》たりとも安ずる能《あた》わざるほどに此《この》宇宙人生の秘義《ひぎ》に悩まされんことが僕の願《ねがい》であります」

「成程《なるほど》こいつは益々解《ますますわか》りにくいぞ」と松木は呟《つぶ》やいて岡本の顔を穴のあくほど凝視《みつめ》て居る。

「寧《むし》ろ此使《このつか》用い古《ふ》るした葡萄《ぶどう》のような眼球《めのたま》を剜《えぐ》り出したいのが僕の願《ねがい》です！」と岡本は思わず卓《たく》を打った。

「愉快々々《ゆかいゆかい》！」と近藤は思わず声を揚《あ》げた。

「オルムスの大会で王侯の威武《いぶ》に屈しなかったルーテルの胆《きも》は喰いたく思わない、彼が十九歳の時学友アレキシスの雷死を眼前《まのあたり》に視《み》て死そのものの秘義《ひぎ》に驚いた其心《そのこころ》こそ僕の欲する処《ところ》であります。

「勝手《かって》に驚けと言《い》われました綿貫君《わたぬきくん》は。勝手《かって》に驚けとは至極面白《しごくおもしろ》い言葉である、然《しか》し決して勝手《かって》に驚けないのです。

「僕の恋人は死《しに》ました。此世《このよ》から消えて失《なく》なりました。僕は全然恋の奴隷《やっこ》であったから彼《かの》少女《むすめ》に死なれて僕の心は掻乱《かきみだ》されてたことは非常であった。しかし僕の悲痛は恋の相手の亡《なく》なったが為の悲痛である。死ちょう冷酷なる事実を直視《ちょくし》することは出来《でき》なかった。即《すなわ》ち恋ほど人心を支配するものはない、其《その》恋よりも更《さら》に幾倍の力を人心の上に加うるものがあることが知られます。

「曰《いわ》く習慣《カストム》の力です。

Our birth is but asleep and forgetting.

この句の通りです。僕等《ぼくら》は生れて此《この》天地の間《あいだ》に来る、無我無心《むがむしん》の小児《こども》の時から種々な事に出遇《であ》う、毎日太陽を見る、毎夜星を仰ぐ、是《ここ》に於《おい》てか此不思議《このふしぎ》なる天地も一向不思議《いっこうふしぎ》でなくなる。生も死も、宇宙万般《ばんぱん》の現象も尋常茶番《じんじょうちゃばん》となって了《しま》う。哲学で候《そうろ》うの科学で御座《ござ》るのと言って、自分は天地の外《そと》に立《たっ》て居るかの態度を以《もっ》て此《この》宇宙を取扱う。

Full soon thy soul shall have her earthly freight,
And custom lie upon thee with a weight, Heavy as frost, and deep almost
as life !

この通《とお》りです、この通りです！

「即《すなわ》ち僕の願《ねがい》は如何《どう》にかして此霜《このしも》を叩《はた》き落さんことであります。如何《どう》にかして此《この》古び果てた習慣《カストム》の圧力から脱れて、驚異の念を以《も》って此宇宙《このうちゅう》に俯仰介立《ふぎょうかいりつ》したいのです。その結果がビフテキ主義となろうが、馬鈴薯《じゃがいも》主義となろうが、将《は》た厭世の徒となって此《この》生命を詛《のろ》おうが、決して頓着《とんちゃく》しない！

「結果は頓着《とんちゃく》しません、原因を虚偽《きょぎ》に置きたくない。習慣の上に立って遊戯的研究の上に前提を置きたくない。

「ヤレ月の光が美だとか花の夕《ゆうべ》が何《なん》だとか、星の夜は何《なん》だとか、要するに滔々《とうとう》たる詩人の文字は、あれは道楽です。彼等《かれら》は決して本物《ほんもの》を見ては居ない、まぼろしを見て居るのです。習慣の眼が作る処のまぼろしを見て居るに過ぎません。感情の遊戯です。哲学でも宗教でも、其本尊《そのほんぞん》は知らぬこと其末代《そのまつだい》の末流《まつりゅう》に至っては悉《ことごと》くそうです。

「僕の知人に斯う言った人があります。吾《われ》とは何《なん》ぞや《What am I ?》なんていう馬鹿な問《とい》を発して自《みず》から苦むものもあるが到底《とうてい》知れないことは如何《いか》にしても知れるもんでない、と斯《こ》う言って嘲笑を洩らした人があります。世間並《せけんなみ》からいうと其通《そのとお》りです、然《しか》し此問《このとい》は必ずしも其答《そのこたえ》を求むるが為《た》めに発した問《とい》ではない。実に此《この》天地に於ける此我《このわれ》ちょうものの如何《いか》にも不思議《ふしぎ》なことを痛感して自然に発したる心霊の叫《さけび》である此問其物《このといそのもの》が心霊の真面目《まじめ》なる声である。これを嘲るのは其《その》心霊の麻痺《まひ》を白状するのである。僕の願《ねがい》は寧《むし》ろ、如何《どう》にかして此問《このとい》を心から発したいのであります。処《ところ》がなかなか此問《このとい》は口から出ても心からは出ません。

「我何処《われいずく》より来り、我何処《われいずく》にか往《ゆ》く、よく言う言葉であるが、矢張《やは》り此問《このとい》を発せざらんと欲して欲せざるを得ない人の心から宗教の泉は流れ出るので、詩でもそうです、だから其《その》以外《いがい》は悉《ことごと》く遊戯です虚偽です。

「もう止《よ》しましょう！　無益《だめ》です、無益《だめ》です、いくら言っても無益《だめ》です。……アア疲労《くたびれ》た！　しかし最後《さいご》に一言《いちごん》しますがね、僕は人間を二種に区別したい、曰《いわ》く驚く人、曰《いわ》く平気な人……」

「僕は何方《どちら》へ属するだろう！」と松木は笑いながら問うた。

「無論《むろん》、平気な人に属します、ここに居る七人は皆《み》な平気の平三《へいざ》の種類に属します。イヤ世界十幾億万人《いくおくまんにん》の中、平気な人でないものが幾人《いくにん》ありましょうか、詩人、哲学者、科学者、宗教家、学者でも、政治家でも、大概《たいがい》は皆《み》な平気で理窟《りくつ》を言ったり、悟《さと》り顔《がお》したり、泣いたりして居るのです。僕は昨夜一つの夢を見ました。

「死んだ夢を見ました。死んで暗い道を独《ひと》りでとぼとぼ辿《たど》って行きながら思わず『マサカ死のうとは思わなかった！』と叫びました。全くです、全く僕は叫びました。

「そこで僕は思うんです、百人が百人、現在、人の葬式に列したり、親に死なれたり子に死《しな》れたりしても、矢張《やは》り自分の死んだ後《あと》、地獄の門でマサカ自分が死《しの》うとは思わなかったと叫んで鬼に笑われる仲間《なかま》でしょう。ハッハッハッハッハッハッハッハッ」

「人に驚かして貰《もら》えばしゃっくりが止《とま》るそうだが、何も平気で居て牛肉が喰えるのに好んで喫驚《びっくり》したいという者も物数奇《ものずき》だねハハハハ」と綿貫《わたぬき》は其《その》太い腹をかかえた。

「イヤ僕も喫驚《びっくり》したいと言うけれど、矢張《やは》り単にそう言うだけですよハハハハハ」

「唯《た》だ言うだけのことか、ヒヒヒヒ」

「そうか！　唯《た》だお願い申して見る位《くらい》なんですねハッハッハッハッ」

「矢張り道楽でさアハッハハハッ」と岡本は一所《しょ》に笑ったが、近藤は岡本の顔に言う可《べ》からざる苦痛の色を見て取った。

蕎麦「吾輩は猫である」より

夏目漱石

何かないかな、永らく人間社会の観察を怠ったから、今日は久し振りで彼等が酔興に齷《あく》齪《せく》する様子を拝見しようかと考えて見たが、生憎《あいにく》主人は此点に関して頗る猫に近い性分《しょうぶん》である。昼寝は吾輩に劣らぬ位やるし、殊に暑中休暇後になってからは何一つ人間らしい仕事をせんので、いくら観察をしても一向《いっこう》観察する張合がない。こんな時に迷亭でも来ると胃弱性の皮膚も幾分か反応を呈して、暫らくでも猫に遠ざかるだろうに、先生もう来ても好い時だと思って居ると、誰とも知らず風呂場でざあざあ水を浴びるものがある。水を浴びる音ばかりではない、折々大きな声で相の手を入れて居る。「いや結構」「どうも良い心持ちだ」「もう一杯」などと家中《うちじゅう》に響き渡る様な声を出す。主人のうちへ来てこんな大きな声と、こんな無作法な真似をやるものは外にはない。迷亭に極って居る。

愈《いよいよ》来たな、是で今日半日は潰せると思って居ると、先生汗を拭いて肩を入れて例の如く座敷迄ずかずか上って来て「奥さん、苦沙弥君はどうしました」と呼ばわりながら帽子を畳の上へ抛《ほう》り出す。細君は隣座敷で針箱の側《そば》へ突っ伏して好い心持ちに寝て居る最中にワンワンと何だか鼓膜へ答える程の響がしたのではっと驚ろいて、醒めぬ眼をわざと瞬《みは》って座敷へ出て来ると迷亭が薩摩上布《さつまじょうふ》を着て勝手な所へ陣取って頻りに扇使いをして居る。「おや入らしゃいまし」と云ったが少々狼狽《ろうばい》の気味で「ちっとも存じませんでした」と鼻の頭へ汗をかいた儘御辞儀をする。「いえ、今来た許《ばか》りなんですよ。今風呂場で御三《おさん》に水を掛けて貰ってね。漸く生き帰った所で――どうも暑いじゃありませんか」「此両三日《りょうさんち》は、ただ凝《じっ》として居りましても汗が出る位で、大変御暑う御座います。――でも御変りも御座いませんで」と細君は依然として鼻の汗をとらない。「ええ難有《ありがと》う。なに暑い位でそんなに変りゃしませんや。然し此暑さは別物ですよ。どうも体がだるくってね」「私《わたく》し抔《など》も、ついに昼寝抔《など》を致した事がないんで御座いますが、こう暑いとつい――」「やりますかね。好いですよ。昼寝られて、夜寝られりゃ、こんな結構な事はないでさあ」と不相変呑気《あいかわらずのんき》な事を並べて見たが夫丈《それだけ》では不足と見えて「私《わたし》なんざ、寝たくない、質《たち》でね。苦沙弥君抔《など》の様に来るたんびに寝て居る人を見ると羨しいですよ。尤も胃弱に此暑さは答えるからね。丈夫な人でも今日なんかは首を肩の上に載せてるのが退儀でさあ。さればと云って載ってる以上はもぎとる訳にも行かずね」と迷亭君いつになく首の処置に窮して居る。「奥さんなんざ首の上へまだ載っけて置くものがあるんだから、坐っちゃ居られない筈だ。髷の重み丈《だけ》でも横になり度くなりますよ」と云うと細君は今迄寝て居たのが髷の恰好《かっこう》から露見したと思って「ホホホ口の悪い」と云いながら頭をいじって見る。

迷亭はそんな事には頓着なく「奥さん、昨日《きのう》はね、屋根の上で玉子のフライをして見ましたよ」と妙な事を云う。「フライをどうなさったんで御座います」「屋根の瓦が余り見事に焼けて居ましたから、只置くのも勿体ないと思ってね。バターを溶かして玉子を落したんでさあ」「あらまあ」「所が矢っ張り天日《てんぴ》は思う様に行きませんや。中々半熟にならないから、下へおりて新聞を読んで居ると客が来たもんだから遂《つ》い忘れて仕舞って、今朝になって急に思い出して、もう大丈夫だろうと上って見たらね」「どうなって居りました」「半熟どころか、すっかり流れて仕舞いました」「おやおや」と細君は八の字を寄せながら感嘆した。

「然し土用中あんなに涼しくって、今頃から暑くなるのは不思議ですね」「ほんとで御座いますよ。先達中《せんだってちゅう》は単衣《ひとえ》では寒い位で御座いましたのに、一昨日《おととい》から急に暑くなりましてね」「蟹なら横に這う所だが今年の気候はあとびさりをするんですよ。倒行《とうこう》して逆施《げきし》す又可ならずやと云う様な事を言っているかも知れない」「なんで御座んす、それは」「いえ、何でもないのです。どうも此気候の逆戻りをする所は丸《まる》でハーキュリスの牛ですよ」と図に乗って愈《いよいよ》変ちきりんな事を言うと、果せるかな細君は分らない。然し最前の倒行《とうこう》して逆施《げきし》すで少々懲りて居るから、今度は只「へえー」と云ったのみで問ひ返さなかった。之を問い返されないと迷亭は折角持ち出した甲斐がない。「奥さん、ハーキュリスの牛を御存じですか」「そんな牛は存じませんわ」「御存じないですか、一寸講釈をしましょうか」と云うと細君も夫《それ》には及びませんとも言い兼ねたものだから「ええ」と云った。「昔《むか》しハーキュリスが牛を引っ張って来たんです」「そのハーキュリスと云うのは牛飼でも御座んすか」「牛飼じゃありませんよ。牛飼やいろはの亭主じゃありません。其節は希臘《ギリシャ》にまだ牛肉屋が一軒もない時分の事ですからね」「あら希臘《ギリシャ》のお話しなの？　そんなら、そう仰っしゃればいいのに」と細君は希臘《ギリシャ》と云う国名丈《だけ》は心得て居る。「だってハーキュリスじゃありませんか」「ハーキュリスなら希臘《ギリシャ》なんですか」「ええハーキュリスは希臘《ギリシャ》の英雄でさあ」「どうりで、知らないと思いました。それで其男がどうしたんで――」「其男がね奥さん見た様に眠くなってぐうぐう寝て居る――」「あらいやだ」「寝て居る間《ま》に、ヴァルカンの子が来ましてね」「ヴァルカンて何です」「ヴァルカンは鍛冶屋《かじや》ですよ。此鍛冶屋のせがれが其牛を盗んだんでさあ。所がね。牛の尻尾《しっぽ》を持ってぐいぐい引いて行ったもんだからハーキュリスが眼を覚《さ》まして牛やーいやーいと尋ねてあるいても分らないんです。分らない筈でさあ。牛の足跡をつけたって前の方へあるかして連れて行ったんじゃありませんもの、後《うし》ろへ後ろへと引きずって行ったんですからね。鍛冶屋のせがれにしては大出来ですよ」と迷亭先生は既に天気の話は忘れて入る。

「時に御主人はどうしました。相変らず午睡《ひるね》ですかね。午睡《ひるね》も支那人の詩に出てくると風流だが、苦沙弥君の様に日課としてやるのは少々俗気がありますね。何の事あない毎日少し宛《ずつ》死んで見る様なものですぜ、奥さん御手数《おてすう》だが一寸起して入らっしゃい」と催促すると細君は同感と見えて「ええ、ほんとにあれでは困ります。第一あなた、からだが悪るくなる許《ばか》りですから。今御飯を頂いた許《ばか》りだのに」と立ちかけると迷亭先生は「奥さん、御飯と云やあ、僕はまだ御飯を頂かないんですがね」と平気な顔をして聞きもせぬ事を吹聴する。「おやまあ、時分どきだのにちっとも気が付きませんで――夫《それ》じゃ何も御座いませんが御茶漬でも」「いえ御茶漬なんか頂戴しなくっても好いですよ」「夫《それ》でも、あなた、どうせ御口に合う様なものは御座いませんが」と細君少々厭味を並べる。迷亭は悟ったもので「いえ御茶漬でも御湯漬でも御免蒙るんです。今途中で御馳走を誂《あつ》らえて来ましたから、そいつを一つここで頂きますよ」と到底素人《しろうと》には出来そうもない事を述べる。細君はたった一言《ひとこと》「まあ！」と云ったが其まあの中《うち》には驚ろいたまあと、気を悪るくしたまあと、手《て》数《すう》が省けて難有《ありがた》いと云うまあが合併して居る。

所へ主人が、いつになく余り八釜敷《やかまし》いので、寝つき掛った眠をさかに扱《こ》かれた様な心持で、ふらふらと書斎から出て来る。「相変らず八釜敷《やかまし》い男だ。折角好い心持に寝様《ねよう》とした所を」と欠伸交《あくびまじ》りに仏頂面《ぶっちょうづら》をする。「いや御目覚かね。鳳眠《ほうみん》を驚かし奉って甚だ相済まん。

然したまには好かろう。さあ坐り玉え」とどっちが客だか分らぬ挨拶をする。主人は無言の儘座に着いて寄木細工の巻煙草入から「朝日」を一本出してすぱすぱ吸い始めたが、不図向《むこう》の隅に転がって居る迷亭の帽子に眼をつけて「君帽子を買ったね」と云った。迷亭はすぐさま「どうだい」と自慢らしく主人と細君の前に差し出す。「まあ奇麗だ事。大変目が細かくって柔らかいんですね」と細君は頻に撫で廻わす。「奥さん此帽子は重宝《ちょうほう》ですよ、どうでも言う事を聞きますからね」と拳骨をかためてパナマの横ッ腹をぽかりと張り付けると、成程意の如く拳《こぶし》程な穴があいた。細君が「へえ」と驚く間《ま》もなく、此度《このたび》は拳骨を裏側へ入れてうんと突ッ張ると釜の頭がぽかりと尖《と》んがる。次には帽子を取って鍔《つば》と鍔とを両側から圧《お》し潰して見せる。潰れた帽子は麺棒《めんぼう》で延《の》した蕎麦の様に平たくなる。夫《それ》を片端から蓆《むしろ》でも巻く如くぐるぐる畳む。「どうです此通り」と丸めた帽子を懐中へ入れて見せる。「不思議です事ねえ」と細君は帰天斎正一《きてんさいしょういち》の手品でも見物して居る様に感嘆すると、迷亭も其気になったものと見えて、右から懐中に収めた帽子をわざと左の袖口から引っ張り出して「どこにも傷はありません」と元の如くに直して、人さし指の先へ釜の底を載せてくるくると廻す。もう休《や》めるかと思ったら最後にぽんと後《うし》ろへ放《な》げて其上へ堂《ど》っさりと尻餅を突いた。「君大丈夫かい」と主人さえ懸念らしい顔をする。細君は無論の事心配そうに「折角見事な帽子を若し壊《こ》わしでもしちゃあ大変ですから、もう好い加減になすったら宜《よ》う御座んしょう」と注意をする。得意なのは持主丈《だけ》で「所が壊《こ》われないから妙でしょう」と、くちゃくちゃになったのを尻の下から取り出して其儘頭へ載せると、不思議な事には、頭の恰好《かっこう》に忽ち回復する。「実に丈夫な帽子です事ねえ、どうしたんでしょう」と細君が愈《いよいよ》感心すると「なにどうもしたんじゃありません、元から斯う云う帽子なんです」と迷亭は帽子を被った儘細君に返事をして居る。

「あなたも、あんな帽子を御買になったら、いいでしょう」と暫くして細君は主人に勧めかけた。「だって苦沙弥君は立派な麦藁の奴を持ってるじゃありませんか」「所があなた、先達《せんだつ》て小供があれを踏み潰して仕舞いまして」「おやおやそりゃ惜しい事をしましたね」「だから今度はあなたの様な丈夫で奇麗なのを買ったら善かろうと思いますんで」と細君はパナマの値段《ねだん》を知らないものだから「是になさいよ、ねえ、あなた」と頻りに主人に勧告して居る。

迷亭君は今度は右の袂の中から赤いケース入りの鋏《はさみ》を取り出して細君に見せる。「奥さん、帽子はその位にして此鋏を御覧なさい。是が又頗る重宝《ちょうほう》な奴で、是で十四通りに使えるんです」此鋏が出ないと主人は細君の為めにパナマ責めになる所であったが、幸に細君が女として持って生れた好奇心の為めに、此厄運《やくうん》を免かれたのは迷亭の機転と云わんより寧ろ僥倖《ぎょうこう》の仕合せだと吾輩は看破した。「其鋏がどうして十四通りに使えます」と聞くや否や迷亭君は大得意な調子で「今一々説明しますから聞いて入らっしゃい。いいですか。ここに三日月形《みかづきがた》の欠け目がありましょう、ここへ葉巻を入れてぷつりと口を切るんです。夫《それ》から此根にちょと細工がありましょう、これで針金をぽつぽつやりますね。次には平たくして紙の上へ横に置くと定規《じょうぎ》の用をする。又刃《は》の裏には度盛《どもり》がしてあるから物指《ものさし》の代用も出来る。こちらの表にはヤスリが付いて居る是で爪を磨《す》りまさあ。ようがすか。此先きを螺旋鋲《らせんびょう》の頭へ刺し込んでぎりぎり廻すと金槌《かなづち》にも使える。うんと突き込んでこじ開けると大抵の釘付《くぎづけ》の箱なんざあ苦もなく蓋《ふた》がとれる。まった、こちらの刃《は》の先は錐《きり》に出来て居る。ここん所《とこ》は書き損いの字を削る場所で、ばらばらに離すと、ナイフとなる。一番仕舞に――さあ奥さん、此一番仕舞が大変面白いんです、ここに蠅《はえ》の眼玉位な大きさの球《たま》がありましょう、ちょっと、覗いて御覧なさい」「いやですわ又屹度《きっと》馬鹿になさるんだから」「そう信用がなくっちゃ困ったね。だが欺されたと思って、ちょいと覗いて御覧なさいな。え？　厭ですか、一寸《ちょっと》でいいから」と鋏を細君に渡す。細雪は覚束なげに鋏を取りあげて、例の蠅の眼玉の所へ自分の眼玉を付けて頻りに覘《ねらい》をつけて居る。「どうです」「何だか真黒ですわ」「真黒じゃいけませんね。も少し障子の方へ向いて、そう鋏を寝かさずに――そうそう夫《それ》なら見えるでしょう」「おやまあ写真ですねえ。どうしてこんな小さな写真を張り付けたんでしょう」「そこが面白い所でさあ」と細君と迷亭はしきりに問答をして居る。最前から黙って居た主人は此時急に写真が見たくなったものと見えて「おい俺にも一寸《ちょっと》覧《み》せろ」と云うと細君は鋏を顔へ押し付けた儘「実に奇麗です事、裸体の美人ですね」と云って中々離さない。「おい一寸御見せと云うのに」「まあ待って入らっしゃいよ。美くしい髪ですね。腰迄ありますよ。少し仰向いて恐ろしい背《せい》の高い女だ事、然し美人ですね」「おい御見せと云ったら、大抵にして見せるがいい」と主人は大《おおい》に急《せ》き込んで細君に食って掛る。「へえ御待遠さま、たんと御覧遊ばせ」と細君が鋏を主人に渡す時に、勝手から御三《おさん》が御客さまの御誂《おあつらえ》が参りましたと、二個の笊蕎麦《ざるそば》を座敷へ持って来る。「奥さん是が僕の自弁《じべん》の御馳走ですよ。一寸御免蒙って、ここでぱくつく事に致しますから」と叮嚀に御辞儀をする。真面目な様な巫山戯《ふざけ》た様な動作だから細君も応対に窮したと見えて「さあどうぞ」と軽く返事をしたぎり拝見して居る。主人は漸く写真から眼を放して「君此暑いのに蕎麦は毒だぜ」と云った。「なあに大丈夫、好きなものは滅多に中《あた》るもんじゃない」と蒸籠《せいろ》の蓋《ふた》をとる。「打ち立ては難有《ありがた》いな。蕎麦の延びたのと、人間の間が抜けたのは由来頼母《たのも》しくないもんだよ」と薬味《やくみ》をツユの中へ入れて無茶苦茶に掻き廻わす。「君そんなに山葵《わさび》を入れると辛《か》らいぜ」と主人は心配そうに注意した。「蕎麦《そば》はツユと山葵《わさび》で食うもんだあね。君は蕎麦《そば》が嫌いなんだろう」「僕は饂飩《うどん》が好きだ」「饂飩《うどん》は馬子《まご》が食うもんだ。蕎麦《そば》の味を解しない人程気の毒な事はない」と云い乍《なが》ら杉箸をむざと突き込んで出来る丈《だけ》多くの分量を二寸許《ばか》りの高さにしゃくい上げた。「奥さん蕎麦を食うにも色々流儀がありますがね。初心《しょしん》の者に限って、無暗にツユを着けて、そうして口の内でくちゃくちゃ遣って居ますね。あれじゃ蕎麦の味はないですよ。何でも、こう、一《ひ》としゃくいに引っ掛けてね」と云いつつ箸を上げると、長い奴が勢揃《せいぞろ》いをして一尺許《ばか》り空中に釣るし上げられる。迷亭先生もう善かろうと思って下を見ると、未《ま》だ十二三本の尾が蒸籠《せいろ》の底を離れないで簀垂《すだ》れの上に纏綿《てんめん》して居る。「こいつは長いな、どうです奥さん、此長さ加減は」と又奥さんに相の手を要求する。奥さんは「長いもので御座いますね」とさも感心したらしい返事をする。「此長い奴へツユを三分一《さんぶいち》つけて、一口に飲んで仕舞うんだね。噛んじゃいけない。噛んじゃ蕎麦の味がなくなる。つるつると咽喉を滑り込む所がねうちだよ」と思い切って箸を高く上げると蕎麦は漸くの事で地を離れた。左手《ゆんで》に受ける茶碗の中へ、箸を少し宛《ずつ》落して、尻尾《しっぽ》の先から段々に浸《ひた》すと、アーキミジスの理論に因って、蕎麦の浸《つか》った分量丈《だけ》ツユの嵩《かさ》が増してくる。所が茶碗の中には元からツユが八分目這入っているから、迷亭の箸にかかった蕎麦の四半分《しはんぶん》も浸《つか》らない先に茶碗はツユで一杯になって仕舞った。迷亭の箸は茶碗を去る五寸の上に至ってぴたりと留まったきり暫く動かない。動かないのも無理はない。少しでも卸せばツユが溢《こぼ》れる許《ばか》りである。迷亭も茲《ここ》に至って少し躊躇《ちゅうちょ》の体《てい》であったが、忽ち脱兎の勢を以て、口を箸の方へ持って行ったなと思う間《ま》もなく、つるつるちゅうと音がして咽喉笛が一二度上下《じょうげ》へ無理に動いたら箸の先の蕎麦は消えてなくなって居った。見ると迷亭君の両眼から涙の様なものが一二滴眼尻《めじり》から頰へ流れ出した。山葵《わさび》が利いたものか、飲み込むのに骨が折れたものか是れは未だに判然しない。「感心だなあ。よくそんなに一どきに飲み込めたものだ」と主人が敬服すると「御見事です事ねえ」と細君も迷亭の手際を激賞した。迷亭は何にも云わないで箸を置いて胸を二三度敲《たた》いたが「奥さん笊《ざる》は大抵三口半か四口で食うんですね。夫《それ》より手数《てすう》を掛けちゃ旨く食えませんよ」とハンケチで口を拭いて一寸一息入れて居る。

所へ寒月君が、どう云う了見か此暑いのに御苦労にも冬帽を被って両足を埃だらけにしてやってくる。「いや好男子の御入来《ごにゅうらい》だが、喰い掛けたものだから一寸失敬しますよ」と迷亭君は衆人環座《しゅうじんかんざ》の裏《うら》にあって臆面もなく残った蒸籠《せいろ》を平《たいら》げる。今度は先刻《さっき》の様に目覚しい食方もしなかった代りに、ハンケチを使って、中途で息を入れると云う不体裁もなく、蒸籠《せいろ》二つを安々と遣《や》って除《の》けたのは結構だった。

うどん「小さい花」

林　芙美子

1　ずいぶん遠いむかしの話だけれど、由はうどんやの女中をした事がありました。短いあいだではありましたが、はじめての奉公なので、これがお前の寝るところだと云われた暗い納戸のような部屋へ這入りますと、いっぺんに涙が噴きあげて体がちっとも動かないのです。

そのうどんやは尾道と云う港町から船に乗って小一時間位ありました。みんな「いんのしま」と云っておりましたので、由は「犬の島」とでも書くのかと思っておりましたところ、買って貰った切符には「因ノ島」と書いてありました。由は此島で短いながら淋しい三週間を過しました。

バスケットや行李のような高価なものは買って貰えなかったので、由の持ちものと云えば、襯衣の空箱に一二枚の着替えのものと、白いハガキが四五枚、それに馬琴の弓張月と云う、青く古ぼけた本とそれきりで、うどん粉の匂いのする化粧水のようなものも一本持っていたようです。幼いうちにはしかを病んで顔にそばかすがありましたので、由の母親は「海辺に行くとお前のそばかすは濃くなる故これでも塗ったらええぞな」と云って、何時買ったとも判らぬ、うどん粉の匂いのするその化粧水をくれたのですが、此化粧水は島におるあいだじゅう塗った事はありませんでした。陽のかっと当る昼間なぞ、そばかすが眼だって見えましたが、皮膚が白いのでかえってあいきょうがあって、ちっとも苦にしたり愧ずかしいとも思ったりなぞしませんでした。――初めに島へあがりましても、そのうどんやまで行きますのに仲々気おくれがして、由はいっとき波止場で船を見て遊びました。もう秋も末の事で、海が空と同じようにひっそりと光っていて、船着場のすぐ上の小高いところに白い病院がありました。窓と云う窓がみんな海の方へむいていましたので、その窓の硝子が眼鏡をかけた人のようにキラキラ光って大変ハイカラに見えました。病院の石の段々の下には、酢いそうな初なりの蜜柑を売っている露店がありました。その露店の中にはラムネの壜が沢山並べてあって、由とおなじ年恰好の娘が、垢で真黒になった木の栓抜きでラムネのくちをその栓でいっしんに押していました。

「ありゃア、ちっとも抜けんがア、どうしたんな、おばさん？」

「べつのオやってみんしゃ」

八ツ口からふくふくした腕を出していたのを、その女の子は腕をまた袖口へもどして、今度は袂を持ち添えて栓抜きの上から押すのです。下唇に黒子があって眉の濃い娘でした。

その娘は銀色の丈長と云うのを掛けて、ひっつめの桃割れに結っておりましたが、此島の置屋（芸者屋）の娘ででもあるのでしょう、仲々はきはきとしたものごしで、何がおかしいのか、ラムネの栓を抜いてもくちにむせてばかりいて、はかばかしくラムネの水が減ってゆきませんでした。もう、ぽつぽつとおぼろげながら、心の日蔭を持つようになっていても、カラカラとラムネの玉の鳴るのをきいておりますと、まるで子供のように由も飲みたくて仕方がないのです。ですが、奉公にやらされる位でありましたので切符を買って貰って、穴のあかない五銭白銅をもらったのがせいぜいで、此五銭白銅は、どんな場合があるかも知れぬ故大切に持っているのだと、母親にくれぐれも云われても云われていた金なのでありました。

「そのラムネ、なんぼうな？」

「三銭よウ」

娘が白い歯をニッとみせて云いました。由はそれでミカン水の方にでもしようと手を差し出しますと、娘は早もうラムネの壜を取って、「わしに抜かしてつかアさい」と、又袂を持ちそえて、垢のついた木の栓抜きを面白そうにラムネのくちへ当てるのでした。

「ミカン水はなんぼう？」

「ありア一銭よウ、ラムネにせんのんかな、わしに抜かしなしゃアよ」

由は娘の云うとおりラムネを飲むことにしました。抜いてもらって、早く娘と同じようにカラカラと壜の中で玉を転がしながら飲みたいと思ったので、「ラムネじゃア」と云いますと、その声といっしょに娘は壜のくちに力を押して、ポオッスンと抜きました。

二人は露店のみせさきで、ラムネの玉をカラカラと云わせて飲みました。

「ラムネの玉ア抜くの好きじゃ」

その娘は、まだほかにラムネを飲みに来る者はないだろうかと、キョロキョロ四囲を見まわして、土方が通っても、「あんたラムネでも飲んで行きなさらんの」と、まるで大人の女のような言いぶりと、姿で笑いかけるのです。「今度、誰かラムネ飲まんかいのウ。玉ア抜くの面白いがの……」――二人は、それから色々の話を始めるようになりましたが、行きしぶくっている由をうどんやへ連れて行ってくれたのも此ラムネを抜いてくれた娘でありました。

2　由の仕事は、家中の誰よりも早く起き出て、表戸や裏口を開けはなち、うどんのだしを煮る事でありました。朝早く船へ乗るひとや、船から降りるひとが、「うどん出来るかア」と云って入って来ますので、その客人を当てこんで早くから戸口を開けておくのです。昆布や、煮干を大きな木綿袋に入れ、五右衛門釜のような鉄釜にひたして、とろ火でいっときだしを取るのですが、その間、土間へ水を打って、バンコ（腰掛）や台の上を拭いておくのが仕事なのでありました。台の上には、箸たてが置いてあるのですが、ここのお神さんは吝なので割箸は使わずに、洗って何時までも使える青竹色に塗った箸をつかっていました。薬味のわけぎを小さく刻んで、山盛り皿に入れて出しておいて、戸口に椅子を持ち出し、だしの煮こぼれるまで、由は此椅子に呆んやりかけているのです。椅子に腰をかけていますと、町が谷間のように卑屈なので、海辺でありながら、何時も暗い山の町の感じでした。両方から軒が低く重なりあっているせいか、眉に煤でもついているようなうっとうしさを感じるのです。由が、此様な町を見ながら、朝々椅子に呆んやりしていると、軒下を縫うようにして、ラムネを抜いてくれた娘が学校へ行きます。名前をひな子と云いました。由の思ったとおりやっぱり置屋の娘でありましたが、このひな子にはもうひとつ名前があって、それがあんまり変な名前なので、由は何時も気の毒に思っていました。その変な方の名前を、土方や俥夫たちが面白そうに呼んでも、ひな子は別に恥ずかしがりもせずに、「なんなア？」と可愛い返事をするのです。

「ひなちゃん、今日は裁縫があるんな？」

由は朝の挨拶に、ひな子の学課を訊くのが愉しみでありました。ひな子は、暫く由の椅子のところにしゃがんで、

「しんどいがア」と荷物を由のひざの上にどかりと置くのです。

「今日は理科でのウ。春の草花を習うんじゃけど、およッしゃん、すみれの花の数ウ沢山知っとるな？」

「角力取草の事かの？　わしゃ知らんが……」

「ふん、沢山あるんぞな、云おうかア、あのなあ、ふもとすみれじゃんで、それから、こすみれ、しろばすみれ、けまるばすみれ、あおいすみれ、やぶすみれ、それからひなすみれ、ひかげすみれ、まるばすみれ、ながばのすみれさいしん、えいざんすみれ、ひめすみれ、たちつぼすみれ、つぼすみれ、こみやますみれ、どうな、ほら、沢山あろウがの」

四ツ切りの黒ずんだ洋紙を赤い木綿糸でとじた雑記帳を開いて、ひな子は、自分の描いたこれらのすみれの絵を見せるのでありましたが、どれもこれも兎の耳のようで満足なすみれの花は一ツも描いてありませんでした。

只、そのあやし気なすみれの絵に説明がつけてあるので、やっと、まるばすみれだとか、ひなすみれなぞと判るのでした。ひかげすみれなぞは、花の絵に線を引っぱって、ここ白い、なりと書いてあって、——木かげの地に生じ、卵色の根より苗を生ずる特長ありて、無茎生で、その有柄葉は根生し、葉は楕円形でふちに鈍歯を有し、薄く毛があり、花は小さく少なく、色白く紫色の線あり——なぞと、判ったのか判らないのかむつかしい言葉で書いてありました。

「うちの先生、本にないのばア教えてむつかしいけエのう」

何時もの癖のように八ツ口からむき出しの両腕を出して、「おおけに」と由のひざの荷物を持って立ち上ります。

「おい、おかめ、何よウしよる、学校おくれてしまうぞ」

床屋の男の子が同級生のくせにえらぶって云うのを、ひな子は、ニコニコ笑いながら、「わしと並んで行きたいのじゃろウ」と、少女のなかにありようもない嬌笑で云いかえすのでした。おおかた、父親達が置屋へ行って呼び馴れているその名前を、自分達も何時とはなく覚えて呼びよくなるのでしょう、町の男の子達は、ひな子のもうひとつの名を呼んで、「おかめおかめ」と云っておりました。

3　由にとって初めの一週間は、極めて長い厭なものに思われましたが、段々島の風景が眼に浸みて来ますと、仕方がないと云った落ちつきも出て来るのでありました。それに此島では、海にひたひたの山の根に添った町なので、夜になると暑くもないのに、どの家の戸口にも人が出ていて、向うどうしや、隣りどうしで声高く世間話をするのでありました。その世間話は、たいてい島の中の話なのでありましたが、由が、一番よく耳にとめたのは、何と云ってもおりくさんと云う男女子の話でした。おりくさんと云うのは、島でも一流の置屋の主人で、女のくせに髪を男のように短く刈り上げ、筒袖の意気な着物に角帯を締めて、その帯には煙草入れなぞぶらさげ、二三人の若い女を連れては、角力取りのようにのっしのっしと歩いている女のひとでした。男にしてみても仲々立派なもので、「景気はどうの？」と云って人に挨拶をしている後姿は、軒から首だけ上に出ているように、由には大きなひとに見えました。ひな子は此おりくさんの養女の一人でしたが、「うちのお父さんは暢気じゃア」と、おりくさんの事を「お父さん」と呼んでいるようなのです。由は此おりくさんのうちへ、出前でよくうどんを持って行くのでしたが、おりくさんがいると、きまって一銭銅貨を煙草入れの叺から出して投げてくれるのでありました。

　おりくさんについての町の世間話はもうまるで伝説みたいな存在になっているのでしょう、太ッ腹で、妾を二三人も持って、それが皆仲良く助けあって、一ツの大きな料理屋を営んでいるのですから、小さい島の上では珍らしい事以上に、かえって誇でもある風にみんな話をしておるのでした。

「荒神山へおりくさんが噴水をつくるちうがの」

「ほう、そうかの、いずれ公園にでもするんじゃろな」

「女子でもやりてよのウ……」

そのおりくさんが或日、山の奉公しているうどんやへのっそり入って来て、色々な世間話の末、「一寸よッしゃんを貸してくれんかの、今日は大阪から弁護士が二三人来るで、女子が足りんでのウ」と、由の顔をチラと見るのでした。

夕方、由はひな子に連れられて、町に一軒しかない銭湯から帰って来ると、銀の丈長を巻いて髪結のすきてから桃割れに結って貰いました。

「ほんによう似合うぞな」

「女子よのウ……」

由は鏡の中の変った自分の姿を見ても別に愕いた風でもなく、髪が出来上ると、部屋の隅へ行って固くなってかしこまっているのでした。手伝いに来る女達は、由を見て、「どこの妓か思やアうどんやのあねさんか、ええのウ」とあいそを云ってくれるのでありました。それでも沈黙っていると、ひな子が由の肩を叩いて「少し笑うもんじゃろで」と云うのです。

由は、学校へ行っている時のひな子を好きだと思いました。夜、こうしたところで見るひな子は一瞥しただけの男へも、愛嬌をみせて、「好がんがのウ」と口癖に云い、屢々牝猫のような眼をしてみせるのでありました。

「よッしゃん、料理場から徳利ヨ持って来てな」

由は徳利の熱いのを持って、ひな子の後へ続きますと、ひな子は振り返って、「わしたちの先生も来とるん、手を握って、放さんのんよ」と眉を顰めて見せるのでした。

広い座席には、もう酔いのまわった二三人の代議士とか云う男達が正座で築港の問題について声高く論じあっておりました。末席には、詰衿を着て、首のところへだけネクタイのように黒いマフラを巻いたひな子の先生が、蜜柑をうまそうに食べておりました。

座席の真中では手踊りが始まり、歌も勝手な奴が流れてきこえましたが、只そうぞうしいだけで、由は呆んやりつったってみておりました。

「先生は蜜柑ばア食べようて、のう、酒飲まんの？」

「酒は飲めんのんよ」

ひな子の若い先生はわざとひな子の肩を抱いて、「可愛い子じゃのウ」と云うのでした。ひな子は二十四五の女のように老けた笑いをしながら、姉芸者たちの真似ででもありましょう、「好かんがア」と云って、先生のひざを厭と云うほどつねって、由の方へ走って逃げて来るのでありました。

4

由は二週間も過ぎると、妙に空漠なものが、心におそって来て、まだ少女のくせに、夜中眠られないで困ってしまいました。うどんやの家族は四十歳になるお神さんが主人で、お神さんの両親と、お神さんの弟が一人いましたが、此家族は怒ることも泣くことも亦笑うこともどっかへ忘れてでも来たような人達で、由が来ても、昔から由はいたのだよと云った風なかまえかたで、落度があっても、怒るでもなければ、言ってきかせるでもないのです。

お神さんは家中の鍵を持っておりました。神さんの弟は一日うどんの玉を島中へ自転車で卸しに出掛けますし、老人達は、うどんを延したり、町の共同井戸から水を汲みこんだりして、まったく、此家族の一日は時計よりも狂った事がありません。由はまだ子供らしさが抜けきらないのでしょうか、かえって、ガミガミ叱られた方がいいなぞと思ったりしました。初めの頃はそれでも奉公したのだからと思い、朝起きると煮干と昆布のはいった煮出し袋を釜に入れ、火を焚きつけ、煤けたバンコや台の上や、棚なぞ拭くのでありましたが、日がたつにしたがって、方作のつかないような錘が体中の力を鈍くしてしまうのでありました。

何時も昼過ぎになると、海辺の空地へだしがらを筵へ乾しに行くのですが、由にとって、これは一寸愉しい時間でありました。病院の窓からは背の低い看護婦達が顔を出して港を見ながら「吾主エス、吾を愛す」なぞと讃美歌をうたっています。由は、やたらに白いものが清らかなものに思え、自分も勉強してあのような歌をうたえるような女になりたいと何時も思うのでありました。ひな子がくちずさんでいる三味線の唄は、きょうにすぐおぼえてしまうのに看護婦達のうたう歌は仲々おぼえられませんでした。それだけに、看護婦達がえらいものに思えるのでありました。

　此病院にも、由は出前で度々行くのでしたが、ここの女達は、何もかも兵隊みたいで、註文するうどんも五銭の並うどんにきまっていました。五段にしきってある出前の箱にぎっしり並べて、石の段々を上る時は、小さい由には一寸こたえる事でありましたが、そこへ行くとおりくさんのような家の註文は二ツか三ツで、それもかやくのはいった高価なものばかりなので運ぶのには此方が大変楽でした。

　看護婦達の寄宿舎へ行くと、夜なぞは、窓で讃美歌をうたった女達が、白い上着をぬいで、思いもかけず、ひな子でも歌うような卑俗な唄をうたっている時があるのです。

「ヘエ、うどんを持って来たん」そう云って、由が出前の蓋を開けるが早いか、一人々々由をめがけて走って来ます。

　由は納戸部屋へ入って横になると、きまって、尾道へ帰りたいと母親へ手紙を書きました。由はまだ奉公の出来る一人前の女のように、何も彼も判っていないので、大きな陸から離れてしまった島の生活が、年齢なりに淋しくなったのでしょう。時々昼間もこの呆んやりしたつまらなそうな顔を崩さないでいると、ひな子は学校の帰りに、由の店へ寄って、うどんを食べながら、「およッしゃんは陸の漁師みたに呆んやりしとるんのウ」とからかうのでありました。

ひな子は、何時でも二三十銭の金を桃色のメリンスの巾着へいれて持っていました。おおかた姉芸者や、お客さんに貰うのでしょうが、由にはそれがひどく派手なものに思えました。そうして、その二三十銭の金を巾着から出したり入れたりするほんの子供のようなひな子が、偶々知った男でも入って来ると、すぐ取っておきの「好かんがのウ、何しに入って来たん?」と眼を染めるようにして云うのです。

「好かんでもええよ、俺はおかめがいっち好きじゃもんのウ」

たいていの男がまた、ひな子の染めたような艶やかな眼を見て此様な事を云います。此島には造船所があったので、都会から流れて来る色々な意気な男達が、ひな子の眼や心を肥やして行くのでしょう。ひな子はおりくさんの家にいても、町を歩いていても、どこにいても此島の色合にぴったりとしていて、まるで花瓶に花を差したような工合のものでした。

七八に見せる時がありました。

人に話しかけるその唇は春風のように自然に媚びがにじみ出て来て、中高な顔がもう十七八に見せる時がありました。

朝になると、由が腰かけているところで、「ああしんどウ」とひとやすみして、今日の学課について話して行くのですが、由には、此時だけが友達のように思えて、割合よくひな子に話しかけるのでありました。

「今日は理科は何のウ？」

「あざみヨ習うんじゃが、もう、わしは絵が下手じゃけえ、先生に描いてもらうたん、のう見なしゃい」

その絵は、ひな子よりはましでしたが、これでは何時かマフラを首に巻いていた先生のようなあざみの花にしか見えません。

「あざみも沢山あるんじゃけど、わしゃ判らん、のう、云うて上げようか、ほい、たかあざみ、のはらあざみ、きつねあざみ、のあざみ、くるまあざみ、やまあざみ、おにあざみ、なんぼうあったかの？」

「なんぼうかおぼえなんだ」

「わしもよう忘れるんじゃ、やれしんどいのウ」

ひな子は八ツ口から出したむき出しの腕に学校道具をかかえて、由よりも呆んやりした顔つきで学校へ出かけて行くのです。

5

ひどく淋しい三週間でしたが、由は、持って来た襯衣箱を風呂敷に包んで、「まだ子供でなアすぐ淋しがって、使いにくうごさんしたろうな」と迎いに来た由の母親と一緒に、由は船着場へ降りて行きました。

「淋しかったんじゃろウ、由、何か食べさせようかの……」

由は露店の前にしゃがんで、母親とアンパンを食べました。

店先の蜜柑もあたたかい色になって、晩秋の風が、雲といっしょにひえびえと空高く吹いています。船着場では、色眼鏡をかけたおりくさんが、噴水につかう台石を沢山の土方に運ばしていましたが、由には、おりくさんの姿よりも偶とひな子の姿の方が心に浮んで来て、会わずに船に乗るのが心残りでもありましたが、花火のような赤いひがん花を子供達が沢山手に持って遊んでいるのを見ると、由は牛のようにのんびりと母親に凭れてあくびをするのでありました。

柿「御所柿を食いし事」

正岡子規

明治二十八年神戸の病院を出て須磨や故郷とぶらついた末に、東京へ帰ろうとして大坂迄来たのは十月の末であったと思う。其時は腰の病のおこり始めた時で少し歩くのに困難を感じたが、奈良へ遊ぼうと思うて、病を推して出掛けて行た。三日程奈良に滞留の間は幸に病気も強くならんので余は面白く見る事が出来た。此時は柿が盛になっておる時で、奈良にも奈良近辺の村にも柿の林が見えて何ともいえない趣であった。柿などというものは従来詩人にも歌よみにも見離されておるもので、殊に奈良に柿を配合するという様な事は思いもよらなかった事である。余は此新たらしい配合を見つけ出して非常に嬉しかった。或夜夕飯も過ぎて後、宿屋の下女にまだ御所柿は食えまいかというと、もうありますという。余は国を出てから十年程の間御所柿を食った事がないので非常に恋しかったから、早速沢山持て来いと命じた。やがて下女は直径一尺五寸もありそうな錦手の大丼鉢に山の如く柿を盛て来た。流石柿好きの余も驚いた。それから下女は余の為に庖丁を取て柿をむいでくれる様子である。余は柿も食いたいのであるが併し暫しの間は柿をむいでいる女のややうつむいている顔にほれほれと見とれていた。此女は年は十六七位で、色は雪の如く白くて、目鼻立まで中分のない様に出来ておる。生れは何処かと聞くと、月か瀬の者だというので余は梅の精霊でもあるまいかと思うた。やがて柿はむけた。余は其を食うていると彼は更に他の柿をむいでいる。柿も旨い、場所もいい。余はうっとりとしているとボーンという釣鐘の音が一つ聞こえた。彼女は、オヤ初夜が鳴るというて尚柿をむきつづけている。余には此初夜というのが非常に珍らしく面白かったのである。あれはどこの鐘かと聞くと、東大寺の大釣鐘が初夜を打つのであるという。東大寺が此頭の上にあるかと尋ねると、すぐ其処ですという。余が不思議そうにしていたので、女は室の外の板間に出て、其処の中障子を明けて見せた。成程東大寺は自分の頭の上に当ってある位である。何日の月であったか其処らの荒れたる木立の上を淋しそうに照してある。下女は更に向うを指して、大仏のお堂の後ろのあそこの処へ来て夜は鹿が鳴きますからよく聞こえます、という事であった。

菊「菊―食物としての」

幸田露伴

菊の季節になった。其のすがすがしい花の香や、しおらしい花の姿、枝ぶり、葉の色、いずれか人の心持を美しい世界に誘わぬものはない。然し取訳《とりわけ》菊つくりの菊には俗趣の厭うべき匂が有ることもある。特《こと》に此頃流行の何玉何々玉という類、まるで薬玉《くすだま》かなんぞのようなのは、欧羅巴から出戻りの種で、余り好い感じがしないが、何でも新しいもの好きの人々の中には八九年来此のダリヤ臭い菊がもて囃される。濃艶だからであろう。けれども美しい方へかけては最も進歩した二色もの、花弁の表裏が色を異にする蜀紅などの古いものからしてが、そもそも菊の有つ本性の美とは少し異った方面へ発達したもののように思える。これも老人の感情か知らぬ。陶淵明は菊を愛したので知れた古い人だが、淵明の愛した菊は何様な菊だったか不明である。云伝えでは後の大笑菊というのであるとされているが、それならばむしろ其花はさして立派でもない小さな菊である。あの風流の人が営々として花作の爺さんのように齷齪したろうとも思われないから、自然づくり、お手数かけずのヒョロケ菊かモジャモジャ菊かバサケ菊で、それのおのずからに破れ籬かなんかに倚りかかり咲きに星光日精の美をあらわしたのを賞美したことだろうと想われて、宋の詩人の范石湖のように園芸美の満足を求めた菊つくりではなかったろうと想われるが、これは果して当っているか何様か知れない。

菊をたべるということになると聊か野蛮で小愧かしいような気もせぬではないが、お前死んでも寺へはやらぬ焼いて粉にして酒で飲むという戯れ唄の調子とも違いはするが、愛のはてが萎れ姿を眼にするよりも一寸のわざくれに摘んで取って其清香秀色を口にするのもさして咎めるにも及ぶまい。既に楚辞にも、秋菊の落英を餐う、とある位だ。ところが、此の落英の落の字が厄介で、菊ははらはらと落ちるものではないから、落は先日某君から質問された「チヌル」の事に関係のある落成の落の字と見なして、落英は即ち咲いた花だという説もあるが、何だかおちつきの悪い解ではある。菊の花の落ちる落ちぬについては、後に王安石と蘇東坡との間に軽い争があった談などもあるが、話の横道入りを避けて今は抛って置く。さて、たべる菊は普通は黄の千葉又は万葉の小菊で、料理菊と云って市場にも出て来るのであるが、それは下物《さかな》のツマにしか用いられぬ、あまり褒めたものではない。稀に三杯酢、二杯酢などの蘸物《ひたしもの》として、小皿、小猪口に単用されることもあるが、それにしても話題になるほどではない。ただし菊には元来甘いと苦いとの二種あること瓢の如くであって、又恰も瓢の形の良いのには苦性《にがだち》のものが多くて、酒を入れると古くなっていても少し苦味を帯びさせるが如く、菊も兎角花の大にして肉厚く色好いものには苦いのが多い。といって甘い菊にも類が多いから、普通料理菊の如くに平々凡々の何の奇無きもののみではない。秋田の佐々木氏から得た臙脂色の菊の管状弁の長さ六寸に余って肉の厚いものなどは、実に美観でもあり美味でもあった。菊、薏の二字ある位であるから、其他にも大菊の中で甘いものが折々ある。此等の菊は梅の肉で保たせると百日にも余って其の色香を保つことが出来るものであるから、我等の如き富まぬ者の寒厨からも随時に一寸おもしろい下物を得られるのである。花で味のよいものは何と云っても牡丹であるが、これは力よく之を得るに及びやすい訳にゆかぬ。ゆう菅《すげ》の花も微甘でもあり、微気の愛すべきものがあって宜いが、併し要するに山人のかすけき野饌である。甘菊の大なるものは実に嬉しいものである。一坪の庭も無い家へ急に移った時に一切の菊を失って終ってから、今はもう自分は一株の甘菊をも有たぬが、秋更けて酒うまき時、今はただ料理菊でもない抛ったらかし咲かせの白き小菊の一二輪を咬んで一盞を呷ると、苦い、苦い、それでも清香歯牙に浸み腸胃に透って、味外の味に淡い悦びを覚える。

　菊の名はいろいろむずかしいのがあるが、無くもがなと嵐雪に喝破された二百年余のむかしから、今にいろいろと猶更むずかしいのが出来る。そして古い名は果して其実を詮しているか何様か分らなくなって終う。たべる菊、薬用の菊としては「ぬれ鷺」という菊が、徳川期の名で、良いものとして伝えられている。所以なくしてぬれ鷺の名が伝えられているではあるまいから、何様かしてそれを得て見たいと思ったのも久しいことであるが、ほんとのそれらしいのには遇わずじまいになりそうだ。薬用になるというのは必ず菊なら菊の其本性の気味を把握していることが強いからのことであろう。進歩は進歩だろうが、ダリヤのようになった菊よりは、本性の気味を強く把握しているものを得て見たい。そんなら野菊や山路菊や竜脳菊で足りるだろうと云われればそれも然様である、富士菊や戸隠菊を賞してそれで足りる、それも然様である。

葱鮪「風邪ごこち」

永井荷風

一

梅一輪一輪ずつの暖かさ。春の日向《ひなた》に解《と》けやすき雪の中裏《なかうら》なかなかに、憂《う》き事つもる仮住居《かりずまい》。それさえ兼《かね》て米八《よねはち》が、三筋《みすじ》の糸《いと》し可愛さの、女の一念真実に、思込んだる仕送りを、請《う》けてその日の活業《なりわい》は、世間《ひとまえ》つくる丹次郎《たんじろう》……と差向いの置炬燵《おきごたつ》。男が中音《ちゅうおん》に読み聞《きか》していた「春色梅暦《しゅんしょくうめごよみ》」の一節は、突然梯子段《はしごだん》の下から鳴り出す消魂《けたたま》しい電話の鈴の音《ね》に遮《さえぎ》られた。

女は今朝方からの風邪《かざ》ごこち、悪寒《おかん》を凌《しの》ぐ八反《はったん》の褞袍《どてら》の襟に埋《うず》めた其頤《そのおとがい》を起し、眉を顰《ひそ》めて、聞耳立てる間もあらず、勝手の方からは障子の開閉《あけたて》物荒く、あわてて駈け出る下女の足音。やがて、梯子を二三段みしみし踏み鳴《なら》し、

「姐《ねえ》さん。揚箱《おみせ》からもうお仕度に上《あが》ってもよござんすかって」

「もうそんな時間かい」といかにも驚いたらしく女は用簞笥《ようだんす》の上の置時計を顧みたが、男

はいつもより今日は又一層朝寝した冬の日の短さは斯《か》くもあろうと以前から覚悟していたような沈着《おちつ》いた声で、「もう五時なんだね」と掛蒲団の下から煙管《きせる》を捜《さぐ》り出しながら、「お前。心持はどうなんだい。何なら一晩位、無理をしないがいいよ」

女は黙って考えていたが、梯子段の欄干《てすり》を片手につかまえて、下から顔を出している下女に心付き、「今すぐ此方《こっち》から電話をかけると然《そ》う云ってお置き」

下女は再び頑丈な足音をさして姿をかくした。

「三日も前からのお約束なんですからね。それに地《じ》の事で春若《はるわか》さんからもくれぐれ頼まれてるのよ」

「春若《はるわか》が踊るのか。いい度胸だね」

「私の地《じ》ならわざわざ手合《てあわ》せしないで済むからって……昨日《きのう》も電話で念を押されてるんですよ。困ったわね」

「一体心持はいいのか悪いのか」と男は手を差伸《さしのば》して女の額を押さえる。

「まだ熱があって?」

「うむ。少しあるようだね」

「わるいでしょうか」

「わるいにゃア極《きま》ってらアね。お前は兎《と》に角《かく》あたり前の人の身体《からだ》だと思っちゃ、大間違いだぜ」

「ほんとうね。去年から見るとまた痩せた事よ。もう後《あと》何年位生きられるんでしょう」

女は気味悪いほど沈着《おちつ》いた調子で云ったが、男は最早《もはや》それには答えなかった。そして女の視線から避けるように置炬燵の上なる梅暦《うめごよみ》を開閉《あけと》じしつつ、処々《ところどころ》の挿画《さしえ》をさがして眺めていた。こう云う差向いの傷《いたま》しい沈黙は、日に一度か二度は必ず二人の間に襲いかかって来るのである。けれども二人は、云わばもう馴れ切って仕舞ったと云うように、初めの中《うち》は実に堪《た》えられぬばかりの悲痛に覚えず涙を浮べた事も度々《たびたび》であったし、又中頃《なかごろ》はお互によしない事は口にせぬようにと、出来るかぎり気をつけていた事もあったのであるが、遂には凡《すべ》ての事を成行次第《なりゆきしだい》にまかして仕舞って、敢《あえ》て事新しく悲しまぬようにまで立到《たちいた》っているのである。悲しいと思うことがあれば、あるだけ、故意《わざ》と反抗的にそれ等の悲しい事を云って見て、せめての腹癒《はらいせ》にするのである。

思えば一昨年《おととし》の秋の事であった。まだ自前《じまえ》の増吉《ますきち》にはならずに、玉扇家《たまおうぎや》から分《わけ》で出ていた時分、急性の肋膜炎《ろくまくえん》にかかった後《のち》、女は不治《ふじ》の肺病という医者からの宣告を受ける身となった。然しこの一大不幸はその当時の増吉の身に取っては、同時にまた幾分かの幸福をも齎《もたら》し来《きた》る原因ともなったのである。四五年に渡って増吉を世話していた旦那は、増吉が肺を悪くしたからと云って、流石《さすが》に薄情な切れ方もできない処から、入院中の手当一切を支払ってやった上に、猶若干《なおなにがし》かの見舞金をやって、此の後《ご》も商売をつづけるなら、綺麗に呼んで贔屓《ひいき》にするとの事。又抱主《かかえぬし》の玉扇家では、煉瓦地《れんがじ》の狭い二階に四五人の抱《かか》えと、これから仕込んで出そうという子供の二三人も、ごたごたに雑居さしてあるので、若《も》し伝染《うつ》りでもしてはという見え透《す》いた事実をばそれとは云わずに、唯《た》だ増吉の方さえ其の心持ならば今までの借金も月々出来るだけを入れる事にして、自前の看板を分けてやろうとの事であった。増吉は抱主《かかえぬし》と旦那とから、つまり敬遠主義を取られた事はよく承知しながら、寧《むし》ろそれをば有難いと嬉しく感じた。

外《ほか》の理由《わけ》ではない。増吉は丁度其の当時、同じ家《うち》の朋輩《ほうばい》に対して、芸者したものでなければ分らない芸者特有の意地として、縦《たと》えどんな無理をしても早晩自前《そうばんじまえ》の看板を出さねばならぬ時期に迫られていたからである。玉扇家から出ていた芸者の中《なか》で一番古顔の姐《ねえ》さん株《かぶ》と云えば、増吉と小兼《こかね》との二人で、後《あと》の三四人は皆二三年も後《おく》れて弘《ひろ》めをした二十《はたち》前後の若い妓《こ》ばかりである。小兼と云う意地悪は五年前の同じ年、増吉よりも三月ばかり晩《おそ》く弘めをしたのであるが、好い旦那がついて、已に三月ばかりも前に立派な自前《じまえ》になると同時に、抱《かか》えの二人まで置いて貰って、豪儀《ごうぎ》な姐《ねえ》さん面《づら》をし出した始末に、日頃から何かにつけて自然と競争の地位に立っていた増吉は、自分から世間を狭《せば》めて、寧《いっ》そ外《ほか》の土地へ住《すみ》替《か》えしようかと思込んでいた矢先、病気に取りつかれて仕舞《しま》ったのである。

それ等の事情に加えて、茲《ここ》にまた一層増吉の嬉しく思った理由は、此れまでも度々《たびたび》新聞などに書かれて旦那をもしくじりかけた程思い込んだ男をば、自前《じまえ》にさえなれば、自由に自分の家《うち》へ引入れて夫婦同様に暮されるという事である。増吉は其の思う男が万一病気が伝染したって、恋の為めなら命を捨てても惜しくはないと云うに到って、一夜を涙に明すほど嬉しく思い、まだ病《や》み上りの血色もすぐれぬ中《うち》から、二人して金春《こんぱる》、仲通《なかどお》り、板新道《いたじんみち》から信楽新道《しがらきじんみち》と、それぞれに名のついた横町や路地の貸家をさがし歩いて、丁度《ちょうど》今から一年ほど前増玉扇《ますたまおうぎ》という新看板を掲げたのであった。

「足掛け二年になるわね。斯《こ》うして一緒に暮していられたんだから、もう私《わたし》やいつ死んだって、実際《まったく》のところ思残りはないのよ」

増吉は黙っている男の顔を覗《のぞ》き込むように、炬燵《こたつ》の上に前身《ぜんしん》をのしかけた後《のち》、退儀《たいぎ》らしく立上った。長らく此の社会に沈淪《ちんりん》している男は、芸者と云うものがお座敷の掛った其時《そのとき》に懐く一種特別の感情をば飽《あ》くまでもよく了解《りょうかい》しているので、其の眼は依然として梅暦《うめごよみ》の挿絵を眺めたままながら、独語《ひとりごと》のように、

「それじゃ、早く行って、早く帰って来るさ」

「でも、無理をして又どっしり寝込むようだと困るわねえ」

「だからさ、風邪《かぜ》でも引いた時なんぞは、順当な身体《からだ》じゃないんだから、後口《あとくち》へ廻ろうな

んて慾を出しなさんなと云うのさ」

「なんぼ私が向見《むこうみ》ずだからって」

増吉は調子だけ腹立《はらだ》しそうに云いすてて、梯子段の下口《おりくち》から「政《まさ》や」と大きく女中を呼んで、

「揚箱《おみせ》へ電話をかけておくれ。そろそろ仕度に来てもいいから」

一足《ひとあし》ばかり梯子段を下りかけたが、突然立戻って用簞笥の曳出《ひきだし》から小菊の紙を取出し、空解《そらど》けの伊達巻《だてまき》を引きしめながら、増吉は降りて行ったが、再び上って来ると、直様《すぐさま》電燈を向うの方へ引張って行って、窓際《まどぎわ》に据えた鏡台の前に坐《すわ》った。下女が癖直《くせなお》しのお湯を持って来る。増吉はもう今朝からの風邪《かざ》ごこちをも、今日一日は湯にも行かず、頭痛がすると云っていたのをも、万事は全く忘れ果てて仕舞《しま》ったように、あるかぎりの全身の魂と精力とを鏡の中に打込んで、火の気の乏《とぼ》しい裏二階の、しかも二月の余寒の夕まぐれと云うのをも更に頓着《とんちゃく》する気色なく、くるりと両肌《りょうはだ》をぬぎすてたのである。そして電光石火の如くに挿している櫛《くし》と簪《かんざし》と髱留《たぼどめ》などを抜き取るかと思うと、前髪の中と両鬢《りょうびん》の翼《はね》の下《した》に入れた梳毛《すきげ》の珠《たま》とを取り出し、熱湯《ねっとう》にひたした布片《きれ》を摘《つま》んで適度に絞《しぼ》るや否《いな》や、髪の毛は根元からも抜け落ちよとばかり、力任《ちからまか》せに両鬢《りょうびん》を揉《も》んで擦《こす》った。

男は電話を掛終《かけおわ》った下女が姐《ねえ》さんの長襦袢《ながじゅばん》を炬燵《こたつ》へかけに来るのを機会《しお》に、少し後《あと》じさ

りに後方《うしろ》の壁に背をよせかけ、半《なかば》は感嘆に半《なかば》は傷《いたま》しさに堪えぬ様な目容《まなざし》で弱々しい撫肩《なでがた》に貝殻骨《かいがらぼね》の痩立《やせだ》って見える後《うしろ》から、その化粧するさまをばじっと打目戍《うちまも》った。無論二人ともに交《かわ》すべき話もない。話をしかけたとて、男は女の髪に気を取られた時には碌々《ろくろく》返事をする余裕もない事を承知しているに於《お》いてをや。外には日暮を急ぐ下駄の音、人力車《くるま》の鈴、羅宇屋《うや》のピイピイ、歯入屋《はいれや》の鼓《つづみ》の音。此方《こなた》は折々《おりおり》じれったそうな舌打の響につれて明放した鏡台の曳出《ひきだ》し。幾個《いくつ》と知れぬ櫛や毛筋《けすじ》棒の中《なか》から気に入ったのを取り出そうとする手荒な物音と共に、風邪《かざ》ごこちの寝乱れた銀否返《いちょうがえ》しは、昨日《きのう》の昼過ぎこの土地で老手《ろうしゅ》のお若《わか》さんが結《ゆ》った時のように変ってしまった。髱《たぼ》は長く粛然《しゅくぜん》として金鶏鳥《きんけいちょう》の尾の如く、意気な柔味《やわらかみ》の中に幾分の気品をさえ帯びて、浮立つように鮮かな襟足から稍蒼白《ややあおじろ》い頸《うなじ》の上に伸び、両《りょう》の鬢《びん》は左右から挿す毛筋《けすじ》棒の上に、水櫛《みずくし》の歯の曲線を鮮かに、ふうわり休んでいると、前髪は凜《りん》として勇ましく額の上に直立し、髷《まげ》の両輪《りょうわ》は電燈の光を浴びて漆《うるし》のような輝きを示しているのである。

然し増吉は、恰《あたか》も己れの製作品を眺めやる美術家が、此れで満足したのではないが、満足して置くより仕様がない。手をつけ出すと切《きり》がないからと云ったような、寧《むし》ろ遣瀬《やるせ》ないような目容《まなざし》で、合鏡《あわせかがみ》の一瞥を終ったかと思うと、一秒間の休息もせずに、今度は白粉下の花筏《はないかだ》を取って溢《あふ》るるばかり掌《てのひら》のくぼみにつぎ、両手で顔から頸から、咽喉《のど》から胸から、肩の後《うしろ》も手のとどくかぎりべたべた塗りつけた後《あと》には、つづいて御園白粉《みそのおしろい》を水刷毛《みずばけ》にしたして目も鼻もないように一面に塗り立て、しょぼしょぼ瞬《またた》きする睫毛《まつげ》と眼の縁《ふち》を手拭でふき、次には粉白粉《こなおしろい》のついた大きな軟《やわらか》い毛の牡丹刷毛《ぼたんばけ》で、鼻の上から、顔中襟元《かおじゅうえりもと》、耳朶《みみたぶ》の後《うしろ》まで、水白粉《みずおしろい》の濃淡《むら》のないように磨きをかけた。

「箱屋で御在《ござい》ます」と云う声と共に格子戸のあく音。下女は周章《あわて》て梯子段を駈け上《あが》り、

「姐《ねえ》さん。お召はどれを出すんです」

増吉は頬紅を淡《うす》くぼかして、楽屋使《がくやづか》いの引眉毛《ひきまゆげ》を施しながら、

「そうだったね。あなた、鳥渡《ちょいと》その抽出《ひきだし》の中の帳面を見て下さい」

「二十五日……島屋《しまや》さま……五時」と男は女が覚書の帳面を読みにくそうに読む。

「へい。今晩は。どうもお寒う御在ます」と双子《ふたこ》の羽織に同じような着物の裾を端折《はしお》った四十年輩の、頭をくるくると剃《そ》った揚箱《あげばこ》の男は、幇間《ほうかん》や落語家などに見るような、何処となく角《かど》のとれた腰の低い態度で、梯子段を上《あが》りきった壁際《かべぎわ》に小さく身を寄せて膝をついた。

「為《ため》さん。着物は出《で》でなくっても可《よ》かったんだね」

「へい。別に何ともついいちゃ参りません」

「それじゃ、あのお召の……雪輪《ゆきわ》の裾模様《すそもよう》を出しておくれ」

増吉は下女に命じながら音高く鏡台の抽出《ひきだし》を閉《し》めると共《とも》に、白粉《おしろい》のこぼれた寝衣《ねまき》の膝を

ばたばたと払《はた》いて立ち上った。箱屋の為さんも同じく坐を立ち、増吉が新しい足袋をはき替えて立直るや否や、下女が取出す置炬燵《おきごたつ》の長襦袢《ながじゅばん》を引取って、後《うしろ》から着せかける。増吉はその裾を踵《かかと》で踏《ふま》えながら、縫模様《ぬいもよう》の半襟《はんえり》をかけた衣紋《えもん》を正《ただ》して、博多《はかた》の伊達巻《だてまき》を少しは胴のくびれるほどに堅く引き締めると、箱屋は直ちに裾模様《すそもよう》の二枚重《にまいがさね》を取って、後《うしろ》から着せかけて置いて、女がその襟を合せている暇には、もう両膝をついて片手では長く敷く裾前《すそまえ》を直してやり、片手では薦《ござ》の上なる紋羽二重《もんはぶたえ》の長さは全《まる》一反もあろうと云うしごきを、サッと捌《さば》いて其の端《はし》を女の手に渡してやった。着せかけるにも、着せられるにも、共々《ともども》に飽くまで専門家的の熟練と沈着とが備《そなわ》っていて、聊《いささ》かの混雑も渋滞もなく、凡《すべ》ては軽妙に迅速に取扱われて行くのである。

この年月《としつき》、見馴れに見馴れた事ながら、男は流石に始終肱枕《ひじまくら》の眼を離さず眺めている中、これも今夜初めてと云うではないが、芸者がお座敷という一声《ひとこえ》に、病を冒して新粧《しんしょう》を凝《こ》らし、勇ましくも出立《いでた》って行く時の様子は、恰《あたか》も遠寄《とおよ》せの陣太鼓《じんだいこ》に恋も涙も抛《なげう》って、武《たけ》智重次郎《ちじゅうじろう》のような若武者が、緋縅《ひおどし》の鎧《よろい》美々《びび》しく出陣する、その後姿を見送るような悲哀を催させるものだ……と思った。

箱屋は袋につつんだ三味線を持って、這入《はい》って来た時のように腰をかがめて出て行くと、増吉は男の傍《そば》に膝をつき、締めたての帯の間から、今挟《はさ》んだばかりの煙草入を抜き出しながら、「お化粧《しまい》したら却《かえ》って気がさっぱりしたようだわ。それじゃア、私行って来ますよ。早く貰ってすぐ帰って来るから、待ってて頂戴よ。晩の御飯一人で食べちまっちゃアいやですよ」

「姐《ねえ》さん。車が来ました」と下の方で下女の声。

男は半身《はんしん》を起して唯《た》だ頷《うなず》付いていると、女は其の手を軽く握って、「お腹《なか》が空《す》いたら、私の牛乳があるから、あれでも飲んでお置きなさい」。それから何ともつかずに唯《た》だ、「よくッて？」と嫣然《にっこり》して見せて、増吉は褄《つま》を取って梯子段を下りた。

直様切火《すぐさまきりび》をかける音が聞える。男は再びごろりと置炬燵へ肱枕《ひじまくら》をして、大きな長い欠伸《あくび》をしながら、置時計を眺めると、丁度六時を指す針と共《とも》に、其の中に仕掛けたオルゴールが点滴《あまだれ》の落ちるように懶《ものう》く、「宮《みや》さん宮《みや》さんお馬の前で」を奏し出した。

二

日の全く暮れ果てた戸外《おもて》の寒さは、建付《たてつけ》の歪《ゆが》んだ西洋窓の隙間から、糸を引くように侵入して来る。男は仕様事《しようこと》のない退屈しきった身体《からだ》を如何にも持扱《もてあつか》いかねると云うように起き直《なお》らして、再び置炬燵《おきごたつ》の上に梅暦《うめごよみ》を開いたが、もう挿絵を見るのでもなく、唯《た》だ茫《ぼう》然《ぜん》と電燈の光に照らされた乱雑な二階の身のまわりを眺めるのであった。たっぷり夜になると共に、電燈の光は戸外《そと》の薄明《うすあか》るかった夕方よりは、幾分か其の力を増したらしく、四辺《あたり》一体を何《なん》ともなく新しく見せるように思われたからであろう。

俗に三等煉瓦の貸長屋《かしながや》と云われている此の家《や》の二階は、今日では明治初年を追想させる荒廃した一種の紀念物とも見られるだけに、不思議な程拙《つた》なく不便に出来ている。立てば丈身《せい》の届くほど低い天井は紙張りにしてある為めに、二目とは見られぬばかり、鼠《ねずみ》の小便と雨漏《あまも》りの斑点《しみ》と、数知れぬ切張りとに汚《よご》され、間数は襖を引き得べき敷居の溝《みぞ》を以て境とすれば三間《みま》と数えられるのであるが、梯子の下口《おりくち》の一間《ひとま》と、それに続いた次の間とには、丁度《ちょうど》西洋室の暖炉の煙筒《シュミネー》を見るような太い煉瓦の柱が突出《とっしゅつ》している為めに、孰《いず》れも二畳半と三畳半と云うような不思議な畳の半数を示している。他の一間《ひとま》だけは稍《やや》広く八畳ほどの畳が敷かれてあるが、後《あと》から付出《つけだ》した一間半《いっけんはん》の押入がここにも亦《また》邪魔らしく突出《つきだ》しているる上に、次の間を区切る敷居の上には、どう考えても解釈のつかない、飛んでもない処に、細い柱が然も二本並んで立っている。最初男は増吉と二人で此の貸家を見に来た時、猫に爪を磨《と》がせる為めわざわざこんな柱を立てたのじゃないかと云って、笑った事があった。

男は一昨年《おととし》の秋から毎夜々々同じ電燈の光で、増吉のお座敷へ行った後《あと》一人でぼんやり眺め廻す三間打通《みまぶっとお》しての此の二階をば、今夜もまた仕様事《しようこと》なしに眺め廻すにつけて、此《こ》れもまた毎夜のように自分の身の行末はどうなるであろうと、矢張《やはり》同じ事を思いつづけるのである。今では女達から兄さんとか旦那とか或は単に進《しん》さんなぞと呼ばれているが、以前歴《れき》とした祖先の姓を名乗り、親の家《うち》から丸の内の会社へ通勤していた頃には凡《すべ》て正当なる事は馬鹿々々しく思われ、一日半日の怠惰をも許さぬ職務の束縛《そくばく》には遂に堪《た》えられずして、恰《あたか》も日に解《と》かされる雪達磨の下から次第に崩れ出すように、この芸者家の二階に主人《あるじ》同様に入りびたって仕舞ったのである。それも今になっては、あまりに為す事なき退屈の折々には自分から抛《なげう》った規則正しい生活の活気ある勇しさを、成程返《かえ》って来ない昔の夢だと追懐して見たくもなる。けれども男は直様《すぐさま》、こうまでに持ち崩《くず》してしまった現在の身体《からだ》では、唯《ただ》でさえ根気の続かなかった勤勉な生活には到底《とても》帰られるものではあるまい。塞い寒い冬の朝目覚し時計《どけい》に起されて慌忙《あわただ》しく洋服を着る辛《つら》さ。雨の降る堀端《ほりばた》に電車を待つ果敢《はかな》さ。乗ってからは雑沓の苦しさ。それから漸く会社の入口を潜《くぐ》れば、人々皆それぞれの階級に従って、其れ相応《そうおう》に立身出世の野心をば唯だ謹直と云う名の下《もと》に押隠して、凡そ人間の多く集る処には必ず免れがたい反目やら競争やら阿諛《あゆ》やら讒訴《ざんそ》やら、其れ等一切の不快な陰険な感情をば亦《また》もや交際と云う仮面の下《もと》に何事もないように包みかくして行く。そんな事を思い出すと、ここに斯《こ》うして芸者家の二階にごろついている現在の方が、どれだけ幸福だか比較にはなるまい。会社の人達が蟻のように働いて、明けても暮れても、月給と賞与金との増額をのみ夢みつづけるのも、其の最終の目的は栄華と安楽に耽《ふけ》りたいと云うに過ぎない。詩人でもなく仙人でもない吾々の安楽栄華とは、つまる処美衣と美食と美人とに囲繞《いじょう》されたい事を意味するのであろう。然りとすれば、自分は社会的名誉を抛《なげす》てた報酬としては已に既に余りある程の安楽を得ているのではないか。惜しむ事は無い、悔む事は更《さら》にない……男は重ねて二階中から自分の身のまわりを見廻した。

押入と相対《あいたい》した一方の壁際《かべぎわ》には、新しい桐《きり》の箪笥《たんす》が二棹《ふたさお》と、時代の知れぬ程古びたのが一棹と並べてあって、其の上には用箪笥《ようだんす》や箱入の人形やら羽子板やら稽古本を入れる見台やら、其の他さまざまな玩具《おもちゃ》や小道具が、天井の片隅なる酉《とり》の市《いち》の熊手や、穴守様《あなもりさま》の河豚《ふぐ》の提灯《ちょうちん》などと一緒になって、どう云う訳か堅気《かたぎ》の家には決して見られない艶《なまめか》しさを帯びて見える。向うの窓際《まどぎわ》には大小の鏡台があり、此方《こなた》の窓に添う壁には、お召の不断着が古びた長襦袢を重ねたままだらりと下っている。置炬燵の掛蒲団が古畳の上に其の花やかな更紗模様《さらさもよう》を延べた端《はし》には、紋縮緬《もんちりめん》の裏をつけた八反《はったん》の褞袍《どてら》と、浴衣《ゆかた》を重ねた絹の寝衣《ねまき》とが細帯と共に、脱ぎすてたなり、其の襟のあたりの処なぞは丁度藻脱《もぬけ》の殻《から》のように女が着ていた時の儘の形さえ残して、花薦《はなござ》の上に狼藉《ろうぜき》としている。見廻す二階中の壁と畳と天井のいたましいまで古びた汚れ目に対して、いかにも優しい其等の家財道具と見るからに艶《えん》なる女の衣類は、全く一致しない各自の特徴を互に鋭く引立たせ合っているので、それをば同時に眺める男の心には、いつも斯《こ》うした芸者家の二階というものに対して、一ツには放蕩の身の末の尾羽《おは》打ちからした哀傷と、又一ツには云うに云われない柔《やわら》かな住心地を感じさせるのであった。それは今夜のように女のいない留守の間《あいだ》に於てさえも其のぬぎ捨てた衣服のさまざまからは絶えず一種の重い生暖《なまあたたか》い気が吐き出されていて、譬える事のできない程手触りよく、男の身を蔽い包むような心持とでも云おうか。この快感と同時に古びた家から感じられる彼《か》の哀傷とは常に相混和《あいこんわ》して、遂に遂に今ある如くに男の良心と、男が誰でも持っている生活に対する固有の奮闘力とを根柢から麻痺《まひ》させてしまうのである。男は此頃になって朝湯の行き帰りなぞ、女着《おんなぎ》を仕立直した半纏《はんてん》を引掛けて戸外《そと》へ出る折々、横町の彼方《かなた》に見える銀座の大通の忙《いそが》しそうな生活を傍観してさえも、何となく其の空気の荒々しさに堪え得ぬような心持がして、直様《すぐさま》この二階なる絹の柔かみと白粉の匂いの古巣へもぐり込んでしまうのであった。されば男が一向に増吉の病気も恐れず、伝染したとて構わぬと云っているのも、つまりは何《ど》うにも斯《こ》うにもならぬ程じだらくに持崩してしまった我が身の成行《なりゆき》の、寧《いっ》そ早く片が付いてくれる事を絶望的に希《こいねが》う為めに外《ほか》ならぬ。否、男は死という事よりも今は、増吉が先きに死んで自分ばかりが無病息災で後に残されたら其れこそ見じめなものだと気遣《きづか》わずにいられないのである。

三

自動車が二階の箪笥の環《かん》をゆすぶる程、恐しい地響を立てて通った。裏隣りになっている小待合《こまちあい》の二階からはサノサ節を歌うお客の声が聞え出すと、横町《よこちょう》の彼方《かなた》からは、「これは今年の九星八卦《きゅうせいはっけ》よみに御在ます……」という皺嗄《しわが》れた読売《よみうり》の声が近付いて来る。下女が沢庵臭い噯《おくび》をしながら増吉の寝衣《ねまき》を炬燵へかけに来た。

「大分腹がへって来た。何かないかなア」

男は振向くと、斯《こ》うした稼業の家には年久しく使い馴らされた三十前後の下女は、わざと調子をすげなくして、「旦那一人に先へ御飯なんぞ上げると、後《あと》で私が叱られます」

「だって食わずには居られないじゃないか。此間の雀焼はもうなくなったのか」

「もう暫くだから御辛抱なさいよ。姐さんだって楽しみにしてお腹《なか》をすかして居らっしゃるんじゃ有りませんか」

下女は丁度物馴れた新造《しんぞ》が若いお客をすかすような調子で答えながら、其の辺《へん》を取りかたづけて階下《した》に行ってしまった。

同時に電話が鳴出す。男はまだ少し時間が早過ぎるけれど、もしや増吉がお座敷から迎いの車を寄越せとの事ではないかと、取次ぎに出る下女の声に耳を澄《すま》したが、矢張り予想通りそうではなくて、他《ほか》のお茶屋から明日《あした》の何時《なんどき》にお約束という電話であった。

「旦那」と階下《した》から下女が声をかけて、「あちらへ直ぐ通して置きましょうかね」。

「受けてしまったのか」

「いいえ。唯今お座敷ですからと云って置いたんですよ」

「そうかい。そんなら出先へそう云ってやってお呉れ」

かく吩咐《いいつ》けたものの、男は家《うち》の下女からまで、そんな商売のお座敷に関する相談など仕掛けられたくないと云う心の苦痛を、眉の間の皺に現わさずには居られなかった。自分より外《ほか》には誰もいない二階の中《うち》ながらも、猶《なお》人に見られはせぬかというように、其の顔をさえさあらぬ方《かた》に外《そ》向《む》けさした。下女は増吉がお座敷へ出た留守に起る家業《かぎょう》の用事や掛引の少し込み入って来る場合には、其の挨拶や返事のしようをば、「旦那々々。」と云っては何時《いつ》としもなく男に相談しかけるのも、思えば既に久しい以前からの事であった。実は男も最初は面白半分に増吉が稼ぐ玉帳《ぎょくちょう》の総高《そうだか》を算盤《そろばん》にはじいて見るような事も無いではなかったが、いざ全くの無職業の身となって、二階にごろごろしているより外《ほか》には仕様《しよう》のない現在に至っては、時に触れ物に感ずる折々、云うに云われない慚愧と苦痛の念に責められてならぬ事がある。

休みなく鳴《なら》し立てる電話の鈴《ベル》の音《ね》につづいて、階下《した》からはまたもや下女の声。

「旦那。困ってしまいますよ。電話がいくら掛けてもお話中なんですよ」

男は今度はもう答えなかった。今方《いまがた》火を入れ直した炬燵に焼き立てられる苦しさに、男は坐りくたぶれ寝くたぶれた身体《からだ》を立ち上らせ、ゆるんだ帯を締め直したついでに、階下《した》の便所《はばかり》へでも行って置こうかと思いついたが、突然又何か思い返したらしく、梯子段の下り口から窃《そっ》と階下《した》を覗いて見ながら、其の儘立戻って座敷の真中の細い柱に背をよせかけてしまった。階下《した》の座敷というのは元来は二階同様の広さであったらしいのを、手で押せば直ぐに抜けるかとまで危《あやぶ》まれる薄壁に境して、今の煎餅屋《せんべいや》との二軒に後《あと》から分割したものらしく、僅かに三畳の一間《ひとま》も勝手道具のさまざまに狭《せば》められて下女一人やっと寝起きされるばかりになっている。下女より外には誰もいないのである。けれども男は其の三畳に置いてある長火鉢を見ると、左官職《さかんしょく》をしている増吉の実父が、折々ここへ酒を飲みに来る度々《たびたび》、極《きま》って娘と口喧嘩を始める事から、つづいて増吉が毎月《まいげつ》その親に仕送る二十円の為めに、優れぬ健康を犠牲にしてまで思わぬお客をさえ取っているような秘密を連想せねばならぬし、猶《なお》其れよりも一層避けたく思うのは、薄い隣りの壁越しに絶間なく聞える年寄った煎餅屋の老母の咳嗽《せき》の声である。それは何ということなしに男の不身持を嘆いている自分の母親の事を思い出させてならぬからである。

鍋焼うどん、熬立《いりた》て豆やの呼声と、支那饅頭の鈴の音《ね》に、横町の夜《よ》も少し深《ふ》け出したかと思われる頃、男はいつか又炬燵へもぐり込んで、独りで淋しく、梅暦の痴話口説《ちわくぜつ》に強いても興味を得ようと努めている時、突然格子戸の外に車夫《くるまや》の声がして、思ったよりも早く増吉が帰って来た。

「政《まさ》。すぐ御膳《おぜん》の仕度をするんだよ」。甲走《かんばし》った声と共に梯子段を踏む音が一段々々近《ちかづ》いて来ると、此方《こなた》は幾分か待ち侘《わび》ていたと云う弱点《よわみ》のあるだけに、瞬間に起る男の意地が自然とその場合、哥沢《うたざわ》の文句にある通りな思わせぶりな空寝入《そらねいり》をさせる。女は梯子段を上《あが》り終るや否や、襟巻を解き捨てながら歩みよって、「早かったでしょう」と小声に云いながら男の肩の上に身体を載せかけた。

氷のように冷えきった女の着物に頰を撫でられ、男は覚えず身顫いして女の手を取ったが、

「大変な熱じゃないか」

「背中がぞくぞくしてとてもお座敷にいられなかったのよ。矢張《やっぱり》無理をしたのが悪かったんだわね」。力のない調子で申訳らしく男の劇を見た。

「だからさ。云わない事《こ》ッちゃない」

「もう叱らないで頂戴よ。私が悪かったんだから」と艶《なまめか》しく謝罪《あやま》ると同時に、女は又甘えるように其の不平を訴えて、「それでも今夜は一杯もお盃なんぞ受けやしなかったのよ。

この上身体《からだ》をわるくしちゃ大変ですもの。いつだって少し頂いたと思うと、直ぐ内密《ないしょ》で厠《はばかり》へ行っちゃ頬紅を薄く塗って、酔払《よっぱら》ったような真似をしている位に、それア用心しているんじゃ有りませんか」

「だから、何もお前が好んで不養生すると云《い》やしないじゃ無いか。いいから早く着換えておしまい。何かよく暖《あった》まるもんでも食べて早く寝た方がいいよ」

「あなた。お腹《なか》が空《す》いたでしょう。もう一体何時《なんじ》です」。男の身体に凭《よ》りかかった儘で羽織を脱ぎ帯留の金具をはずしながら、置時計を見返って、「九時過ぎたばかり……割に早いわね」。

「お医者さまを呼ぶのなら、今の中に早く政に行って貰ったらどうだい」

「そうね……」と考えて、「ほんのちょいと風邪《かぜ》を引いただけなんだから、此の間の頓服《とんぷく》がまだ残ってるから……」。

下の方から其の時強い葱鮪《ねぎま》の匂いが立ち昇って来た。女は何も彼も忘れてしまって、

「ああ嬉しい。政やが葱鮪《ねぎま》をこしらえたわ」

「さあ早く脱いでおしまい、襦袢《じゅばん》一枚でどうするんだよ」

「あツ。熱い。焼けどするわ。あなた」

増吉は男が炬燵から取出して着せ掛ける寝衣《ねまき》の陰に、早や肌襦袢もない真白な身を艶《なま》め

かしく悶えさせた。
格子戸があいて箱屋の声「姐さんもうお帰りで御在ますか」。
「どうも御苦労さま」と暫くしてお政が香の物でもきざむらしい俎板《まないた》の音がし出した。
二人は唯何《ただなん》という事なしに顔を見合わすと共に、さも嬉しそうに微笑《ほほえ》んだ。

美酒美食「美食倶楽部」

谷崎潤一郎

一

恐らく、美食倶楽部の会員たちが美食を好むことは彼等が女色を好むのにも譲らなかったであろう。彼等はみんな怠け者ぞろいで、賭博を打つか、女を買うか、うまいものを食うより外に何等の仕事をも持っては居なかったのである。何か変った、珍らしい食味に有りつくことが、美しい女を見附け出すのと同じように彼等の誇りとするところ、得意とするところであった。そう云う食味を作り出す有能なコックがあれば——、天才のコックがありさえすれば、彼等は一流の美妓を独占するに足るほどの金を出しても、それを自分の家の料理番に雇うかも知れなかった。「芸術に天才があるとすれば、料理にも天才がなければならない」と云うのが、彼等の持論であった。なぜかと云うのに、彼等の意見に従うと、料理は芸術の一種であって、少くとも彼等にだけは、詩よりも音楽よりも絵画よりも、芸術的効果が最も著しいように感ぜられたからである。彼等は美食に飽満すると——、いや、単に数々の美食を盛ったテーブルの周囲に集まった一刹那の際にでも――、ちょうど素晴らしい管絃楽を聞く時のような興奮と陶酔とを覚えてそのまま魂が天へ昇って行くような有頂天な気持ちに引きあげられるのである。美食が与える快楽の中には、肉の喜びばかりでなく霊の喜びが含まれて居るのだと、彼等は考えざるを得なかった。尤も、悪魔は神と同じほどの権力を持って居るらしいから、料理に限らず凡ての肉の喜びも、それが極端にまで到達すれば其の喜びと一致するかも知れない。………

で、彼等はいずれも美食の為めにあてられて、年中大きな太鼓腹を抱えて居た。勿論腹ばかりではなく、身体中が脂肪過多のお蔭ででぶでぶに肥え太り頬や腿のあたりなどは、東坡肉《トンポウニョ》の材料になる豚の肉のようにぶくぶくして脂《あぶら》ぎって居た。彼等のうちの三人までは糖尿病にかかり、そうして殆ど凡ての会員が胃拡張にかかって居た。中には盲腸炎を起して死にかかったものもあった。が、一つには詰まらない虚栄心から、又一つには彼等の遵奉する「美食主義」に飽く迄も忠実ならんとする動機から、誰も病気などを恐れる者はなかった。たとえ内心では恐れて居てもその為めに倶楽部から脱会するほどの意気地なしは一人もなかった。「われわれ会員は、今に残らず胃癌にかかって死ぬだろう」と、彼等は互に笑いながら語り合って居た。彼等は恰も、肉を柔かく豊かにするために、暗闇《くらがり》へ入れられてうまい餌食《えじき》をたらふく喰わせられる鶩《あひる》の境遇によく似て居た。餌食の為めに腹が一杯になった時が、彼等の寿命の終る時かも分らなかった。その時が来るまで、彼等は明け暮れげぶげぶともたれた腹から噫《おくび》を吐きながら、それでも飽食することを止めずに生きつづけて行くのである。

二

そう云う変り者の集まりであるから、会員の数は僅かに五人しかない。彼等は暇さえあると、——暇はいつでもあるのだから、結局毎日のように、——彼等の邸宅や、倶楽部の楼上に寄り合って昼間は大概賭博を打った。賭博の種類は花合わせ、猪鹿蝶《いのしかちょう》、ブリッジ、ナポレオン、ポーカー、トゥエンティーワン、ファイヴハンドレット、………殆どありとあらゆる方法で金を賭ける。彼等は此等の賭博の技術に孰れも甲乙なく熟練して居て、皆相当なばくち打ちであった。さて夜になると賭博に由って集まった金が即座に饗宴の費用に供される。夜の会場は会員たちの邸の一つに設けられる折もあるし、市中の料理屋へ持って行かれることもあった。但し、市中の料理屋と云っても、彼等は大抵東京の町の中にある有名な料理には喰い飽きてしまって居た。赤坂の三河屋、浜町の錦水、麻布の興津庵、田端の自笑軒、日本橋の島村、大常盤、小常盤、八新《はっしん》、なには屋………と、先ず日本料理ならそんなところを幾回となく喰い荒して、此の頃ではもう有り難くも何ともなくなって居た。「今夜は何を喰うことにしよう」――と云う一事が、朝起きた時からの彼等の唯一の心がかりであった。そうして昼間賭博を打ちながらでも、彼等は互に夜の料理のことに頭を悩まして居るのである。

「己は今夜、すっぽんの吸い物をたらふくたべたい」

と、誰やらが勝負の合間に呻るような声をあげると、いい考が浮ばないで弱って居た外の連中の間に、忽ち激しい食意地が電気の如く伝染して、一同はいかにも感に堪えたように直ぐと賛成の意を表する。その時から彼等の顔つきや、眼つきは、ばくち打ちの表情以外に一種異様な、餓鬼のような卑しい凄じい光を以て充たされる。

「ああすっぽんか。すっぽんをたらふく喰うのか。……だが東京の料理屋でうまいすっぽんをたらふく喰うことが出来るかなあ」

　すると又誰かが心配そうにこんな独りごとを云う。此の独りごとは口の内でこそこそと囁かれたにも拘らず、折角食意地の燃え上った一同の元気を少からず沮喪させて、自然と骨牌《かるた》を打つ手にも勢《いきおい》がなくなって来る。

「おい、東京じゃあとても駄目だ。今夜の夜汽車で京都へ出かけて、上七軒町のまる屋へ行こう、そうすりゃあ明日《あした》の午飯にたらふくすっぽんが喰えるんだ」

　一人が突然斯う云う動議を提出する。

「よかろう、よかろう。京都へでも何処へでも行こう。喰おうと云いだしたらとても喰わずにゃ居られないからな」

そこで彼等は始めてほっと愁眉を開いて、更に勢いを盛返した喰意地が胃の腑の底から突き上げて来るのを感ずる。わざわざすっぽんが喰いたさに夜汽車に揺られて京都へ行って、明くる日の晩にはすっぽんのスープがだぶだぶに詰め込まれた大きな腹を、再び心地よく夜汽車に揺す振らせながら東京へ戻って来るのである。

三

彼等の酔興はだんだんに激しくなって、鯛茶漬が喰いたさに大阪へ出かけたり、河豚《ふぐ》料理がたべたさに下関へ行ったり、秋田名物の鰰《はたはた》の味が恋しさに北国の吹雪の町へ遠征したりする事があった。追い追いと彼等の舌は平凡な「美食」に対しては麻痺してしまって、何を舐めても何を啜っても、其処には一向彼等の予期する様な興奮も感激も見出されなくなって行った。日本料理は勿論喰い飽きてしまったし、西洋料理は本場の西洋へ行かない限り、始めから底が知れて居るし、最後に残った支那料理さえ、――世界中で最も発達した、最も変化に富むと云われて居る濃厚な支那料理でさえ、彼等にはまるで水を飲むようにあっけなく詰まらなく感ぜられるようになった。さうなって来ると、胃の腑に満足を与える為めには、親の病気よりも一層気を揉む連中のことであるから、云うまでもなく彼等の心配と不機嫌とは一と通りでなかった。一つには又何か知ら素敵な美味を発見して、会員たちをあっと云わせようと云う功名心から彼等は頻に東京中の食物屋《くいものや》と云う食物屋を漁り廻った。それはちょうど骨董好きの人間が珍らしい掘り出し物をしようとして、怪しげな古道具屋の店を捜し廻るのと同じであった。会員の一人は銀座四丁目の夜店に出て居る今川焼を喰って見て、それが現在の東京中で一番うまい食物《くいもの》だと云うことをいかにも得意そうに、発見の功を誇りがおに会員一同へ披露した。又ある者は毎夜十二時ごろに烏森の芸者屋町へ売りに来る屋台の焼米《シュウマイ》が、天下第一の美味であると吹聴した。が、そんな報告に釣り込まれて外の連中が試して見ると、それ等は大概発見者自身が余り思案に凝り過ぎて、舌の工合がどうかして居た結果だと云うことになった。実際彼等は食意地の為めに皆少しずつ気が変になって居るらしかった。他人の発見を笑う者でも、自分がちょっと珍らしい食味に有りつくと、うまいまずいも分らずに直ぐと感心してしまうのであった。

「何を喰ってもこうどうも変り映えがしなくっちゃ仕様がないな。こうなって来るとどうしてもえらいコックを捜し出して、新しい食物《くいもの》を創造するより外にない」

「コックの天才を尋ね出すか、或いは真に驚嘆すべき料理を考え出した者には、賞金を贈ることにしようじゃないか」

「だが、いくら味が旨くっても今川焼や焼米《シュウマイ》のようなものには賞金を贈る値打ちはないね。われわれはもっと大規模な饗宴の席に適しい色彩の豊富な奴を要求するんだ」

「つまり料理のオーケストラが欲しいんだ」

こんな会話を或る時彼等は語り合った。

そこで、美食倶楽部と云うものが大体どんな性質の会合であり、目下どんな状態にあるかと云うことは、以上の記事でざっと読者諸君にお分りになったであろうと思う。作者は次ぎの物語を書く為めに、予め此れだけの前書きをして置く次第である。

四

G伯爵は倶楽部の会員のうちでも、財力と無駄な時間とを一番余計に持って居る、突飛な想像力と機智とに富んだ、一番年の若い、そうして又一番胃の腑の強い貴公子であった。僅か五人の会員から成る倶楽部のことであるから、別段定まった会長と云う者がある訳ではないけれども、倶楽部の会場がG伯爵の邸の楼上に設けられてあって、其処が彼等の本部になって居る関係から、自然と伯爵が倶楽部の幹事であり、会長であるが如き地位を占めて居る。従って、何か知ら素敵な料理を発見して思うさま美食を貪りたいと云う伯爵の苦心と焦慮とが、外の会員たちよりも一倍激しかったことは茲《ここ》に改めて陳述するまでもあるまい。又外の会員たちにしても、平生から誰よりも創造の才に長けている伯爵に対して、最も多く発見の望みを嘱して居ることは勿論であった。若し賞金を貰う者があるとすれば、それはきっと伯爵だろうと皆が期待して居た。全く賞金ぐらいは出してもいいから、何か伯爵が素晴らしい割烹の方法を案出して、沈滞しきった一同の味覚を幽玄微妙な恍惚の境へ導いてくれる事を、心の底から祈らずには居られなかった。

「料理の音楽、料理のオーケストラ」

伯爵の頭には始終此の言葉が往来して居た。それを味わうことに依って、肉体が蕩《とろ》け、魂が天へ昇り得るような料理——それを聞くと人間が踊り狂い舞い狂って、狂《くる》い死《じに》に死んでしまう音楽にも似た、——喰えば喰うほど溜らない美味が滾々《こんこん》と舌にもつれ着いて遂には胃袋が破裂してしまうまで喰わずに居られないような料理、それを何とかして作り出すことが出来れば、自分は立派な芸術家になれるのだがと伯爵は思った。それでなくてさえ空想力の強い伯爵の頭の中には、いろいろの料理に関する荒唐無稽な空想がしきりなしに浮んでは消えた。寝ても覚めても伯爵は食物の夢ばかりを見た。……気が着いて見ると暗い中から白い煙が旨そうにぽかぽかと立って居る。恐ろしい好い香《におい》がする。餅を焦したような香《におい》だの、鴨を焼くような香だの、豚の生脂《なまあぶら》の香だの、韮蒜玉葱《にらにんにくたまねぎ》の香だの、牛鍋のような香だの、強い香や芳しい香や甘い香がゴッチャになって煙の中から立ち昇って来るらしい。じっと暗闇を見詰めると煙の内で五つ六つの物体が宙に吊り下って居る。一つは豚の白味だかこんにゃくだか分らないが兎に角白くて柔かい塊がぶるぶると顫えて動いて居る。動く度毎にこってりとした蜜のような汁がぽたり、ぽたりと地面に落ちる。落ちたところを見ると茶色に堆く盛り上って飴のようにこってりと光って居る。……その左には伯爵が未だ嘗て見たことのないような、素晴らしく大きな蛤らしい貝がある。

五

貝の蓋が頻に明いたり閉じたりして居る。そのうちにすうッと一杯に開いたかと思うと、蛤でもなければ蠣でもない不思議な貝の身が、貝殻の中に生きて蠢いて居る。……身は上の方が黒く堅そうで下の方が痰のように白くとろとろしたものらしい。其のとろとろした白い物の表面へ、見ているうちに奇怪な皺が刻まれて行く。始めは梅干のような皺だったのが、だんだん深く喰い込んで、しまいには自身全体が噛んで吐き出した紙屑のようにコチコチになる。かと思うと身の両側から蟹の泡のようなあぶくがぶつぶつと沸き出して忽ちの間に綿の如くふくれ上り貝殻一面に泡だらけになって中身も何も見えなくなってしまう。……ははあ、貝が煮られて居るのだなと、G伯爵は独りで考える。同時にぷーんと蛤鍋を煮るような、そうして其れより数倍も旨そうな匂が伯爵の鼻を襲って来る。泡はやがて一つ一つ破れてシャボンを溶かしたような汁になって、貝殻の縁《ふち》を伝わりながら暖かそうな煙を立てて地面へ流れ落ちる。流れ落ちた跡の貝殻には、いつの間にやらコチコチになった中身の左右にちょうどお供えの餅に似た円いものがぽくりと二つ出来上って居る。それは餅よりもずっと柔かそうで、水に浸された絹ごし豆腐のように、ゆらゆらふわふわと揺めいて居る。……大方あれは貝の柱なんだろうとG伯爵は又考える。すると柱は次第に茶色に変色して来てところどころにひびが這入って来た。……

やがて、其処にならんで居る無数の喰い物が、一度にごろごろと転がり始める。それ等を載せて居る地面が俄に下から持ち上り出したかと思うと、今迄あまり大きい為めに気が付かなかったが、地面と見えたものは実は巨人の舌であって、その口腔の中に其れ等の食物がゴジャゴジャと這入って居たのである。

間もなくその舌に相応した上歯の列と下歯の列とが、さながら天と地の底から山脈が迫《せ》り上げ迫り下って来るが如く悠々と現われて来て、舌の上にある物をぴちゃぴちゃと圧し潰して居る。圧し潰された食物は腫物《できもの》の膿のような流動物になって舌の上にどろどろと崩れて居る。舌はさもさも旨そうに口腔の四壁を舐め廻してまるであかえが動くように伸びたり縮んだりする。そうして時々ぐっと喉の方へ流動物を嚥み下す。嚥み下してもまだ歯の間や齲歯《むしば》の奥の穴の底などに嚙み砕かれた細かい切れ切れが重なり合い縺れ合ってくっ着いて居る。其処へ楊枝が現われて来て、それ等の切れ切れを一つ一つほじくり出しては舌の上へ落し込んで居る。と、今度は喉の方から折角今しがた嚥み下した物が噫になって逆に口腔へ殺到して来る。舌は再び流動物の為めにどろどろになる。嚥み下しても嚥み下しても何度でも噫が戻って来る。……

六

はっと眼を覚ますと、宵に食い過ぎた支那料理の清湯《ちんたん》の鮑の噫がG伯爵の喉もとでぜいぜいと鳴って居る。……

こんな夢を十日ばかり続けて見通した或る晩のことであった。例の如く倶楽部の一室で珍しくもない饗宴の料理を味わった後、ストーブの火の周りでもたれた腹を炙りながら、めいめい大儀そうな顔つきで煙草を吹かして居る会員たちを、そっと其の場に置き去りにしたまま伯爵はふらりと表へ散歩に出かけた。——と云っても、其れはただ腹ごなしの為の散歩ではない。此の間からの夢のお告げを思い合わせると、伯爵は何だか自分が近いうちに素晴らしい料理を発見するに違いないような気がして居た。それで今夜あたり表をぶらついたらば、何処かでそんな物にぶつかりはしないかと云う予覚に促されたのである。

其れは寒い冬の夜の九時近くのことで、駿河台の邸の内にある倶楽部を逃れ出た伯爵は、オリーブ色の中折帽子にアストラカンの襟の着いた厚い駱駝の外套を着て、象牙のノッブのある黒檀のステッキを銜きながら、相変らずげぶり、げぶりと喉から込み上げて来るものを嚥み下しつつ、今川小路の方へあてどもなく降りて行った。往来は相当に雑沓して居たけれど、しかし勿論伯爵は其辺に軒を並べて居る雑貨店や小間物屋や本屋や乃至通行人の顔つきや服装などには眼もくれない。その代りたとえどんな小さい一膳飯屋でも、苟くも食物屋《くいものや》の前を通るとなれば伯爵の鼻は餓えた犬の其れのように鋭敏になるのである。東京の人は多分承知の事と思うが、あの今川小路を駿河台の方から二三町行くと、右側に中華第一楼と云う支那料理屋がある。あの前へ来た時に伯爵はちょいと立ち止まって鼻をヒクヒクやらせた(伯爵の鼻は頗る鋭敏になって居て、匂いを嗅げば大概料理のうまさ加減を直覚的に判断することが出来た)。が、すぐにあきらめたと見えて、又ステッキを振りながら、すたすたと九段の方角へ歩き始めた。

　すると、恰も小路を通り抜けて淋しい濠端の暗い町へ出ようとするとたんに、向うの方から二人の支那人が楊枝を咬えながら伯爵の肩に擦れ違った。前にも云ったように、通行人には眼もくれずに食慾の事ばかり考えて居た伯爵であるから、普通なら其の支那人に気を留める筈はなかったのだが、擦れ違おうとする刹那に、紹興酒の臭い息が伯爵の鼻を襲ったので、ふと振り顧って相手の顔を見たのである。

「はてな、彼奴等は支那料理を喰って来たのだ。して見ると此の辺に新しく支那料理屋が出来たのか知らん」

そう思って伯爵は小首をひねった。

その時、伯爵の耳には、何処か遠くの方で奏でるらしい支那音楽の胡弓の響が、闇の中から切なげに悲しげに聞えて来たのである。

七

伯爵はじっと一心に耳を澄ませて、しばらく牛が淵の公園に近い濠端の闇に佇《たたず》んで居た。胡弓の音は、遥に賑やかな夜の燈火がちらちらして居る九段坂の方から聞えて来るのではなく、何度聞き直しても、たしかに一つ橋の方角の、人通りの少い、死んだようにひっそりとした片側町の路次の奥の辺から、凍えるような冬の夜寒の空気の中に戦《おのの》きふるえながら、桔槹《はねつるべ》の軋《きし》るように甲高《かんだか》い、針金のように細い、きいきいした切れ切れの声になって今にも絶え入るが如く響いて来るのである。と、やがて其のきいきい声が絶頂に達して、風船玉が破裂するようにいきなりパチリと止んでしまった次ぎの瞬間に、少くとも十人以上の人間が一度にぱたぱたと拍手喝采するらしい物音が、今度は思いの外近い処で急に伯爵の耳朶を打った。

「彼奴等は宴会を開いて居るのだ。そうして其の席上で支那料理を食って居るのだ。それにしても一体何処なんだろう」

――拍手は可なり長く続いた。一旦途絶えそうになっては、又誰か知らがぱたぱたと拍ち始めると其れに誘われて何匹もの鳩が羽ばたきをするように一斉に拍手を盛返す。ちょうど大波のうねりのようにざあッと退いては又ざあッと押し寄せる。押し寄せて来る波の間から小さな鳥が飛沫に咽んで囀るように再び胡弓の調が新しい旋律を奏で出す。――伯爵の足は自然と其の方へ向いて二三町辿って行った。何でも一つ橋の袂から少し手前のとある邸の塀に附いて左へ曲った路次の突きあたりのところであった。見ると戸を鎖したしまうた家の多い中に、たった一軒電燈を煌々と点じた三階建ての木造の西洋館がある。胡弓と拍手の音とは疑いもなく其の三階の楼上から湧き上るので、バルコニーの後ろのガラス戸のしまった室内には、多勢の人間が卓を囲んで今しも饗宴の真最中であるらしい。G伯爵は、音楽――殊に支那の音楽には何等の智識をも趣味をも持って居なかったが、露台の下に立って胡弓の響に耳を傾けて居るうちに、その不可思議な奇妙な旋律がまるで食物の匂いのように彼の食慾を刺戟するのを覚えた。彼の頭の中には、その音楽の節につれて彼が知って居る限りの支那料理の色彩や舌ざわりが後から後からと連想された。胡弓の糸が急調を帯びて若い女の喉を振り搾るような鋭い声を発すると、それが伯爵には何故か竜魚腸の真赤な色と舌を刺すような強い味いとを想い出させる。それから忽ち一転して涙に湿る濁声《だみごえ》のような、太い鈍い、綿々としたなだらかな調に変ずると、今度はあのどんより と澱んだ、舐めても舐めても尽きない味が滾々と舌の根もとに滲み込んで来る、紅焼海参《オンシヤアハイセン》のこってりとした羹《あつもの》を想像する。そうして最後に急霰のような拍手が降って来ると、有りと有らゆる支那料理の珍味佳肴が一度にどッと眼の前に浮かんで果ては喰い荒されたスープの碗だの、魚の骨だの、散り蓮華だの杯だの、脂で汚れたテーブルクロースだの迄が、まざまざと脳中に描き出された。

八

G伯爵は幾度か舌なめずりをして口の内で唾吐《つばき》を飲み込んで居たが、腹の底から喰意地がムラムラと起って来て、もうとてもじっとしては居られなくなった。東京中の支那料理屋で一軒として知らない家はなかった積りだのに、こんな所にこんな家がいつ出来たのか?――兎に角、自分が今夜胡弓の音に引き寄せられて此家を捜しあてたのも何かの因縁に違いない。その因縁だけでも此の家の料理を是非とも一度は試して見る値打ちがある。それに、自分の直覚するところでは、何か此の家には嘗て経験したことのない珍らしい料理があるように感ぜられる。――伯爵がそう思うと同時に、伯爵の胃の腑はつい先まで鱈ふく物が詰まって居た癖に、俄かにキュウと凹み出して下腹の皮を引張るように催促した。そうして、ちょうど一番槍の功名を争おうとする武士が陣頭に立った時のように、或る不思議な胴顫いが伯爵の全身を襲った。

そこで伯爵はつかつかと其の家の門口を明けて這入ろうとした。が、意外にも中から締まりがしてあると見えて扉は堅く鎖されて居る。のみならず、その時まで料理屋であるとばかり思い込んで居た其家の門の柱には、「浙江会館」と云う看板の下がって居るのが、今しもドアのノッブに手をかけた伯爵の眼に、始めて留まったのである。看板は極めて古ぼけた白木の板で、それへ散々雨曝しになったらしい墨色の文字が、ぼんやりと、しかしいかにも支那人らしい雄健な筆蹟で大きく記されて居た。喰物の事にばかり没頭して居た伯爵のことであるから、看板の文字に気が付かなかったのも無理はないが、成る程その建物の外形に少し注意を払えば、料理屋でないことは予め分った筈なのである。もしも此の家が神田や横浜の南京町にあるような支那料理屋ならば、店先に毒々しい豚の肉だの鶏の丸焼だの海月《くらげ》や蹄筋《ていきん》の干物《ひもの》などが吊るしてあって、入口のドアなどは始めから明け放してあるに相違ない。ところが前にも述べた通り表に面した階下の扉は門でも窓でも悉くひっそりと閉じられて居る。それがおまけにガラス戸ではなく、ペンキ塗りの鎧戸であるから、室内の様子は全く分らない。賑かなのは三階だけで、二階の窓も同様に真暗である。たった一つ、門の真上にあたる軒端の辺に光の鈍い電燈が燈って居て、それが例の看板の文字を覚束なく照らして居る。看板と反対の門の柱には呼鈴が取り附けてあって、“Night Bell”と云う英語と、「御用の御方は此のベルを押して下さい」と云う日本語とが、名刺大の白紙に記されてある。けれども、どれほど伯爵が此の家の支那料理に憧れて居るにもせよ、まさかに呼び鈴を押して見るだけの勇気はなかった。「浙江会館」と云えば、恐らく日本に在留する浙江省の支那人の倶楽部であろう。其処へ唐突《だしぬけ》に割り込んで行って、彼等の宴会の仲間へ入れて貰うと云う訳にも行くまい。――そんな事を考えながらも、伯爵は執念深く鎧戸にぴったり顔を寄せ附けて居た。

九

コック部屋が入口の近くにあるのだと見えて、鎧戸の隙間からは、蒸籠《せいろう》から湯気が立つように暖かい物の香《かおり》がぽっぽと洩れて来るのであった。その時伯爵は自分の顔が、勝手口の板の間にしゃがんで流し元の魚の肉を狙って居る猫に似て居はしないかと思った。化けられるものなら猫に化けても、こっそりと此の家の内に闖入して片っ端から皿小鉢の底を舐め廻して見たいくらいであった。が今更猫に生れなかったことを後悔したところで仕様がない。「チョッ」と伯爵は口惜しそうに舌打ちをして、ついでに唇の周を舌でつるつると擦りながら、恨めしそうに扉の傍から離れて行った。

「でも何とかして此の家の料理を喰わせて貰う方法はないだろうか」

楼上から雨のように降り注ぐ胡弓の響きと拍手の音とを浴びながら、伯爵は容易にあきらめが附きかねて路次の間を往ったり来たりした。実を云うと伯爵が此処の料理を喰いたいと云う慾望は、此の家が料理屋でない事に気が付いた時から、一層熾烈に燃え上り出したのである。それは単に意外な処で意外な美食を発見して、会員たちをあっと云わせようと云う功名心ばかりからではない。其処が特に浙江省の支那人の倶楽部であると云う事、其処では彼等が全く其の郷国の風習に復って、何の遠慮もなく純支那式の料理を喫し音楽に酔って居るらしい事、――その一事が嫌が上にも伯爵の好奇心を募らせたのである。実際、伯爵は未だ、真の支那料理と云うものを喰ったことはない。横浜や東京にある怪しげな料理は度び度び経験して居るけれども、それ等は大概貧弱な材料を使って半分は日本化された方法の下に調理されたので、支那で喰わせる支那料理は決してあんなまずい物ではないと云う事を、伯爵は屢《しばしば》人の話に聞いて居た。伯爵は不断から、ほんとうの支那料理と云う物こそ、自分たち美食倶楽部の会員が常に夢みて居る理想の料理ではないだろうかと考えて居た。だから若し此の浙江会館が彼の推量するが如き純支那式の生活をする家であるとすれば、つまり此の家こそ伯爵の理想の世界なのである。あの楼上の食卓の上には、かねがね伯爵が創造しようとして焦って居るところの立派な芸術が、――驚くべき味覚の芸術が、今や燦然たる光を放ってずらりと列んで居るに違いない。あの胡弓の伴奏につれて、歓楽と驕奢とに充ちた荘厳なる味覚の管絃楽が、嚠喨《りゅうりょう》として満場の客の魂を揺がせて居るに違いない。………伯爵は又、支那のうちでも殊に浙江省附近は、最も割烹の材料に富む地方であることを知って居た。浙江省の名を耳にする度毎に、其処が白楽天や蘇東坡を以て有名な西湖のほとりの風光明媚なる仙境であって、而も松江の鱸《ズンガリー すずき》や東坡肉《トンポウニョ》の本場であることを想い出さずには居られなかった。

一〇

G伯爵がこんな風にして頻りに味覚神経を光らせながら、大凡そ三十分ばかりも軒下に彳んで居た際である。二階の梯子段をどやどやと降りて来るけはいがして、程なく一人の支那人が鎧戸の中から蹣跚《まんさん》とした足取りで現われて来た。大方恐ろしく酔って居たのであろう、彼は表へ出た拍子によろよろとよろけて伯爵の肩に衝きあたったのである。

「やあ」

と云って、それから支那語で二三言《ふたみこと》詫びを云うような様子であったが、程なく相手が日本人である事に気が付いたらしく、

「どうも失礼しました」

と、今度は極めて明瞭な日本語で云った。見ると帝大の制帽を冠った、卅近いでっぷりと太った学生である。彼は一応そう云って詫《あやま》っては見たものの、斯う云う場所にG伯爵の立って居るのが不審に堪えないと云う風に、暫らくじろじろと相手の様子を眺めて居た。

「いや、私こそ大そう失礼しました。実は私は非常に支那料理が好きな男でしてね、あんまり旨そうな匂いがするもんだから、つい夢中になって、先《さっき》から匂いを嗅いで居たんですよ」

この無邪気な、正直な、そうしていかにも真情の流露した言葉が、淡泊に伯爵の口頭を衝いて出たのは、伯爵としてはたしかに大成功であった。とても平生の伯爵には出来ない芸当であるけれど、其れは恐らく伯爵の真心が――世にも珍らしい熱心な、意地穢なの慾望が、天に通じた結果であったのだろう。此の伯爵の云い方が余程可笑しかったと見えて、学生は肥満した腹を揺す振って俄に快活に笑い出した。

「いや、ほんとうなんですよ。私は旨い物を喰うのが何よりも楽みなんですが、兎に角世界に支那料理ほど旨い物はありませんな。………」

「わッははは」

と、まだ支那人は機嫌よく笑って居る。

「………それで私は東京中の支那料理屋へは残らず行って見ましたがね、実を云うと料理屋の料理でない、たとえば斯う云う支那人ばかりが会合する場所の、純粋な支那料理が食べて見たいと此の間から思って居たんですよ。ねえ、どうでしょう、甚だどうも厚かましいお願いのようですが、ちょいと今晩あなた方の仲間へ入れて此処の内の料理を喰べさせて貰えませんかね。私は斯う云う人間ですが………」

そう云って伯爵は紙入れの中から一葉の名刺を出した。

二人の問答はいつの間にやら楼上の客の注意を惹いたものであろう、後から後からと五六人の支那人が其処へやって来て伯爵の周囲を取りかこんだ。中には鎧戸を半分あけて隙間から顔を出して居るのもある。暗かった路次の軒下は、急に室内の強い電燈の光に照らされて、そのカッキリとした明るみの中に、厚い外套を着た伯爵の立派な風采と、脂切った赤い頰ッぺたとが浮んで居る。滑稽なことには、周りに居る多勢の支那人たちも皆、伯爵と同じように脂切った、営養過多な頰ッぺたを光らせて、一様にニコニコと笑って居るのである。

「よろしい、どうぞ這入って下さい、あなたに沢山支那料理を御馳走します」

その時、頓興な声でこう云いながら、三階の窓から首を出した者があった。どっと云う哄笑と拍手とが、楼上楼下の支那人の間に起った。

一一

「ここの料理は非常にうまいです。普通の料理屋の料理とは大変に違います。たべると頰《ほッ》ぺたが落ちますよ」

つづいて又一人の男が、伯爵を取り巻いて居る一団の中から唆かすような声で云った。

「さあ、あなた、遠慮しないでもいいです。どうぞ上って喰べて下さい」

しまいには群集の誰も彼もが、酔った紛れの面白半分にこんな事を云い合いながら、伯爵の周囲を取り巻いて盛んに酒臭い息を吐いた。

伯爵は少し面喰って夢のような心持ちを覚えながら、彼等と一緒にぞろぞろと這入って行った。外から見た時は真暗であった鎧戸の内側の部屋の中には、笠にガラス玉の房の附いた電燈がきらきらと燈って居る。右側の棚の上には青梅や、棗《なつめ》や、竜眼肉や、仏手柑《ぶっしゅかん》や、いろいろの壜詰めが並べられて、その傍《かたわら》に豚の脚と股の肉が、大きな皮附きの切身のまで吊り下って居る。皮は綺麗に毛が毟り取ってあって、まるで女の肌のように柔かくなまめかしく真白に見える。棚の向うの突き中り《あた》の壁には石版刷りの支那の美人画が懸って居る。其処には小さな窓が仕切られて居て、其の穴から夥しい煙と匂いとがぷんぷん匂いながら、広くもない部屋の中に濛々と立ち罩めて居る。果して伯爵の想像した通り、穴の向うにコック場があるのであろう。が、伯爵は此れ等の物をちらりと一と眼見たばかりで、門の入口のところに附いて居る急な梯子段へ案内されて、直ぐと二階へ上って行った。二階は頗る奇妙な構造になって居た。梯子段を上り詰めると一方の白壁に沿うて細長い廊下がある。そうして廊下の片側に、白壁と相対して青いペンキ塗りの板塀が囲ってある。板塀の高さは六尺に足らぬくらいで無論天井よりも二三尺は低い。長さは、多分三間ほどあったであろう。そうして其の一間々々に一つずつ小さな潜り門が明いて居る。三つの門の内側には、殺風景な垢じみた白い木綿の幕が垂れ下って居て、何だか芝居の楽屋のような感じがする。恰も伯爵が廊下へ上って来た時に、中央の門の幕がゆらゆらと揺れて、中から一人の若い女が首を出した。むっくりした円顔の、気味の悪いほど色の白い、瞳の大きな鼻の短い、可愛らしい狆のような女であった。彼女は胡散らしく眉をひそめて伯爵の姿を眺めて居たが、金歯を入れた歯並を露出して唇を歪めたかと思うと、ペッと水瓜《すいか》の種を床に吐き出して忽ち首を引込めてしまった。

「こんな狭い家の中を、何の為めに板でいくつも仕切ってあるのだろう。あの幕の中の女は何をして居るのだろう」

伯爵はそんな事を考える隙もなく、直ぐと再び三階の梯子段へ導かれて行った。

一二

その間にも例の階下のコック場の煙は、伯爵の後について煙突のように狭い梯子段を昇りつつ、三階の部屋の天井に迄も籠って居た。そこへ上って行く迄に、散々煙に詰められた伯爵は、自分の体が先ず支那料理にされて仕舞ったかと思った位である。が、三階の室内に籠って居るものは、ただにコック場の煙許りではない。煙草だの、香料だの、水蒸気だの、炭酸瓦斯だの、いろいろのものがごっちゃになって、人顔もよくは判らない程、蒼白い靄のように、そこの空気を濁らせて居るのである。暗い静かな表の露路から、一挙にここへ拉して来られた伯爵の、最初の注意を惹いたのはこの濁った空気と、異様に蒸し暑き人イキレとであった。

「諸君、満場の諸君にG伯爵を紹介します」

すると、伯爵をそこへ案内して来た一団の中から、一人の男がツカツカと進み出て、ワザと日本語を使ってこう叫んだ。

伯爵はヤット気がついて、帽子と、外套とを脱いだが、忽ち右左から五六本の手が出て、それを引ったくるようにして、何処かへ浚って行って仕舞った。次《つい》で、一人の男が伯爵の手を取って、とある食卓の前へ連れて行った。二階と異ってそこは打通しの大広間であって、中央に大きな円い卓《テーブル》が二つ並んで居る。各の卓《テーブル》には多分十五人余の客が席に就いて居たであろう。彼等は今や、食卓の真ん中に置かれた一つの偉大な丼の羹を目蒐《めが》けて盛んに匙を運び、箸を突っ込みつつ、争って料理を貪って居る最中なのである。一方の卓《テーブル》に置かれた丼には――伯爵がチラリと盗み見た所によると――粘土を溶かしたような重い執拗《しつこ》いスープの中に、疑いもなく豚の胎児の丸煮が漬けてある。併しそれはただ外だけが豚の原形を備えて居るので、皮の下から出て来るものは豚の肉とは似てもつかない半平《はんぺん》のような、フワフワしたものであるらしい。おまけにその皮も中味もジェリーの如くクタクタに柔かに煮込んであるのか、匙を割り込ませると恰も小刀《ナイフ》で切取るように、そこからキレイに捥ぎ取られる。見る見る中に、四方八方から匙が出て来て豚の原形は、一塊ずつ端の方から失われて行く。まるで魔法にかかって居るようである。もう一方の卓《テーブル》にあるのはそれは明かに燕の巣である。人々は頻に丼の中へ箸を入れては心太《ところてん》のようにツルツルした燕菜《えんさい》をスープの中から掬い上げて居る。寧ろ不思議なのはその燕菜が漬かって居る純白の色をしたスープである。こんな真白な汁は杏仁水《きょうにんすい》より外に日本の支那料理では見たことがない。支那へ行けば奶湯《たいとう》と云う牛乳のスープがあると聞いて居たが、あれこそその奶湯ではあるまいかと伯爵は思った。

一三

が、伯爵が導かれて行ったのは其れ等のテーブルの傍ではない。その外にもまだ此の部屋には、両側の壁に沿うてちょうどお寺の座禅堂にあるような座席が設けられて居たのである。そうして其処にも多勢の支那人が、ところどころに配置された紫檀の小卓を囲みながら、或は床に腰をかけたり、或は床の上の緞子の蓐に据わったりして、或る者は真鍮の煙管で水煙草を吸い、或る者は景徳鎮の茶碗で茶を啜って居る。彼等はいずれも食卓の方の騒擾を慵げな眼つきで恍惚《うっとり》と見やりながら、皆一様に弛み切った、さも睡そうな顔つきをしてむっつりと黙り込んで居るのである。その癖彼等の中には一人として血色の悪いのや、貧相なのや、不景気な様子をして居るものは見あたらない。どれも此れも堂々たる風采と、立派な体格と、活気の充ち溢れた顔をしながら、ただ肝腎な魂だけが抜けてしまったように茫然として居るのである。

「ははあ、此の連中は今しがた鱈ふく喰ったばかりなので、食休みをして居るんだな。あのとろんとした眼つきで見ると、余程喰い過ぎたのだろう」

実際、伯爵には其のとろんとした眼つきが此の上もなく羨ましかった。彼等のふくれ上った腹の中には、ちょうどあの豚の丸煮のように、骨も臓腑もなくなって旨そうな喰い物ばかりが一杯に詰まって居るのではなかろうか。あの腹の皮をぷつりと破ったら中から出る物は血でも腸《はらわた》でもなく、あの丼にあるような支那料理がどろどろになって流れ出しはしなかろうか。彼等の満足し切った、大儀そうな表情から推量すると、恐らく彼等は腹の皮を破られても、矢張り平気で悠々と其処に坐って居るかも知れない。伯爵を始め美食倶楽部の会員たちも、随分今迄にげんなりする程大喰いをした覚えはあるけれど、ここに居並ぶ支那人たちの顔に表れて居るほどの大満足を、嘗て味わったことはないように感ぜられた。

で、伯爵は彼等の前をずっと通り抜けて行ったが、彼等はただじろりと一と目伯爵を見たばかりで、此の珍客の侵入を訝かる者も歓迎しようとする者もなかった。

「此の日本人は一体どうして来たのだろう」

などと云う疑問を頭に浮べるだけでも、彼等には億劫であったのだろう。

やがて伯爵は案内の支那人に手を引かれて、左側の壁の隅に倚りかかって居る或る紳士の前に連れて行かれた。此の紳士も勿論喰い過ぎ党の一人であって、癈人のような無意味な瞳を見開いたまま、うつらうつらと煙草を燻ゆらして居たことは云うまでもない。

一四

その紳士の年は、太っているために若くは見えるけれど、もう四十近いかと思われる。此処に集まった会員の中の年長者であるらしい。そうして外の人々は大概洋服を着ているのに、その紳士だけは栗鼠の毛皮の裏の付いた黒繻子の支那服を纏うているのである。しかし伯爵は、その紳士の風貌よりも寧ろ彼の右と左に控えている二人の美女に心を惹かれた。一人の方は青磁色に濃い緑色の荒い立縞の上着を着て、それと同じ柄の短いズボンを穿いて、薄い桃色の絹の靴下に精巧な銀糸の刺繍《ぬい》のある紫の毛繻子の靴を、小さな足にぴっちりと嵌めている。椅子に腰掛けて右の足を左の膝頭にのせているのが、その小さいことと云ったらまるで女の児の懐へ入れるはこゝのように可愛らしい。額の真中から二つに分けた艶々しい黒髪が、眉毛のあたりまで簾のように垂れ下って、其の後に椎の実の如くちょんびりと見えている耳朶《みみたぼ》には、琅玕の耳環がきらきらと青く光りながら揺らめいている。今しがたまで音楽が聞えたのは、大方この女が奏でていたのであろう、膝の上には胡弓を載せて、腕環を嵌めた左の手でそれを抱えている形は、弁財天の絵のようである。女の顔は玉のように滑《なめらか》に透き徹っていて、少しく出目なくらいに飛び出している黒み勝の大きな瞳と、鼻の方に反り返っている厚い真赤な上唇とのあたりに、一種異様な謎のような美しさが充ち溢れている。が、何よりも美しいのはその歯並であって、時々歯齦《はぐき》を露わして上歯と下歯とをカチカチ合せながら、右の上顋の犬歯の間を頻に楊枝でほじくっているのが、その驚くべき細かな歯並を誇示するためだとしか思われない。もう一人の方の女もやや面長な顔立ちではあるが、その美しさから来る感じに殆ど変りはない。襟に真珠の胸飾りを着けて、牡丹の花の繡《ぬい》模様のある暗褐色の服を纏うているせいか、色の白さが余計に引立っているだけである。そうして彼女も同じように歯を見せびらかして、楊枝を持って口の中を突ついている右の指には、小さな五六個の鈴の付いた黄金の指環が嵌まっている。伯爵がそこへやって来ると、二人の女は空々しくふっと横を向いて、何か紳士と眼交ぜをしているようであった。

「これが会長の陳さんです」

伯爵の手を引いていた男は、そう云って其の時紳士を紹介した。それから早口な支那語で、面白そうな身振りや手振りをしながら、何事をか会長にしゃべって聞かせている。会長はうんともすんとも云わずに、眼ばかりぱちぱちやらせながら、今にも欠伸が出そうにして聞き流していたが、そのうちにやっと少しばかりにこにこと笑った。

「あなたはG伯爵という方ですか――ああそうですか。此処にいる人達は皆酔っぱらっているものですから、あなたに大変失礼をしました。支那料理がお好きならば、それは御馳走してもいいです。しかしここの内の料理はそんなに旨くはありません。それに今夜はもうコック場がしまいになりました。甚だお気の毒ですが、この次の会の時に又入らしって下さい」

会長は如何にも気乗りがしない口調でこう云うのであった。

一五

「いや、何もわざわざ私のために特に料理を拵えて頂かなくても結構なんです。実はその、非常に厚かましいお願いですが、諸君のお余りを食べさせて貰えばよろしいんですけれど、そういう訳には行きますまいかな」

こう云った伯爵は、相手がもう少し愛憎のよい寛大な態度を示していたなら、実はもっと無遠慮に乞食のようなさもしい声を出したいところであった。あの食卓の様子を一目見てからの伯爵は、たとい一匙でも料理を食わせて貰わずには、とても此の場を動くことが出来なかった。

「余り物と云ってもあの連中はあの通り大食いですからとても余ることはないでしょう。それにあなたに余り物を差し上げるのは大変失礼です。私は会長としてそう云う失礼なことを許す訳には行きません」

会長は不機嫌そうにだんだん眉を曇らせて、傍《かたわら》に立っている支那人に何かぶつぶつと叱言を云っている。そうして嘲けるような眼付で伯爵の方をちらりと見ては突慳貪に頤の先でその男を指図している。多分「この日本人を早く逐い出してしまえ」とでも云っているのであろう。相手の支那人は興のさめた風でいろいろ弁解を試みるらしいが、会長は傲然と構えて、鼻の穴からすうっと大きな息を吹いて居るばかりで、一向取り上げてくれそうもない。

伯爵がふいと振り返って見ると、中央の食卓の方では二人のボーイが更に新しい羹の丼を高々と捧げて、今や其処へ運んでくる最中である。円い、背の低い、大きな水盤のような瀬戸の丼には、飴色をしたスープがたっぷりと湛えられてどぶりどぶりと鷹揚な波を打ちながら湯煙りを立てている。その一つの丼の中には蛞蝓《なめくじ》のようなぬるぬるとした茶褐色に煮詰められた大きな何かの塊まりが、風呂に漬かったようになって茹だり込んでいる。それがやがてテーブルの真中に置かれると、一人の支那人が立ち上って紹興酒の盃を上げた。すると食卓のぐるりにいる連中が一度に悉く立ち上って同じように盃を乾す。それが済んだと思うと、我勝に匙を摑み箸を握って、どっと丼の方へ殺到するのである。息もつがずにそれを眺めていた伯爵は、吭《のど》の奥の方で骨か何かがガクリガクリと鳴るような気がした。

「どうも困りました。あなたに大変済みませんでした。会長がどうしても許してくれませんから、………」

叱言を云われた支那人はそう云って頭を掻きながら、不承無精に伯爵を部屋の出口の方へ連れて行った。

「いや、僕等が悪かったんです。僕等が酔っていたものだから、無闇にあなたをこんな所へ引き擦り込んでしまったんです。会長は悪い人ではありませんけれども、やかましい男だものですから」

一六

「なあに、私こそあなたに飛んだ御迷惑をかけました。しかし会長はどうして許してくれないのでしょう。此の盛大な宴会の模様を折角目の前に見ていながら、どうも甚だ残念ですがな。………会長が許さなければ駄目なのでしょうか」

「ええ、此処の会館は総てあの人の権力のうちにあるのですから、………」

そう云いながら、支那人は何か他聞を憚かるようにちょいとあたりを見廻したが、二人はもう外の廊下に出て梯子段の降り口に来ていたのである。

「会長が許さないのは、きっとあなたを疑ぐって居るからでしょう。――コック場がおしまいになったと云うのは嘘なんです。あれ御覧なさい、まだあの通りコック場では料理を拵えて居るのですよ」

成程梯子段の下からは例のぷんぷんと香《にお》う煙が、依然として舞い上って来る。鍋の中で何かを揚げて居るらしいシュウッ、シュウッ、と云う音が、パチパチと油の跳ねる音に交って、南京花火のように威勢よく聞えて居る。廊下の両側の壁には外套が真黒に堆く懸って居て、客はまだ容易に散会しそうもない。

「それじゃ会長は私を怪しい人間だと思って居るんですね。そりゃあ御尤もです。用もないのにこの路次へ這入って来て、家の前をうろうろして居たのですから、怪しいと思えば怪しいに違いありません。私は自分でも可笑しいと思って居るくらいです。しかしこれにはいろいろ理由があるので、説明しなければ分りませんが、実は我々は美食倶楽部と云うのを組織して居ましてね、………」

「何？　何の倶楽部ですか？」

支那人は変な顔をして首を傾げた。

「美食です、美食倶楽部です。――The Gastronomer Club ！」

「ああそうですか、分りました、分りました」

そう云って支那人は人が好さそうに笑いながら頷いて見せた。

「つまり旨いものを食う倶楽部ですな。この倶楽部の会員は、旨いものを食わないと一日も生きて居られない人間ばかりから成り立って居るんですが、もう此の頃は旨いものが無くて弱って居るんです。会員が毎日々々手分けをして、東京市中の旨いものを探して歩いて居ますけれど、もう何処にも珍らしいものは無くなってしまいました。今日も私は旨いものを探しに出たところが、図らずも此の内を見付け出して、普通の支那料理屋だと思って路次の中へ這入って見たのです、そんな訳で私は決して怪しい者じゃあありません。先刻差し上げた名刺にある通りの人間です。ただ食い物のことになると、知らず識らず夢中になって、つい常識を失ってしまうだけなんです」

支那人は、熱心に言い訳をする伯爵の顔を、暫くつくづくと見据えて居た。或は伯爵を気違いだと思ったのかも知れない。——三十前後の、背の高い男振りの好い、酔って居るせいか桜色の両頰をてかてかと光らせた、正直そうな男である。

一七

「伯爵、私はあなたを少しも疑っていはしません。われわれ——少くとも今夜この楼上に集まっている人達には、あなたの心持はよく分ります。美食倶楽部とは云いませんが、われわれが此処に集まるのも、実は美食を食うためなのです。われわれは矢張りあなたと同様な熱心なガストロノマアです」

　何と思ったか、彼はそう云って突然伯爵の手を強く握り締めた。そうして眼の縁に意味ありげな笑いを浮べながら、

「私はアメリカにもヨーロッパにも二三年滞在したことがありますが、世界の何処に行っても支那料理ほど旨いものはないと云うことを知りました。私は極端な支那料理の讃美者です。それは私が支那人だからと云う訳ではない、あなたが真のガストロノマアであるならば、この点に於て、多分私と同感であろうと私は信じます。そうでなければならない筈です。ねえそうでしょう？――あなたは私にあなたの倶楽部のことを打ち明けてくれました、そこで私はあなたを少しも疑ぐっていない証拠に、われわれの倶楽部、――この会館のことをお話ししましょう。この会館では実際不思議な料理が出来るんです。今あなたが御覧になった、あのテーブルの上に並んでいる料理なんかは、ほんの始め、ほんのプロローグなんです、この後から愈ほんとうの料理が出るんです」

　こう云って支那人は、自分の言葉が相手に如何なる反応を呈するかを試すように、偸むが如く伯爵の顔の中を覗き込んだ。その言葉は伯爵の食慾を唆かすために、故意に発せられたものとしか思われないほどであった。

「それはほんとうですか？　あなたは冗談に私を欺すのじゃないのですか？」

伯爵の瞳には、何故か知らぬが犬が餌食に飛びかかろうとする時のような激しい気色が見えた。

「それがほんとうなら、私はもう一遍あなたにお願いします。そんな話まで聞かせて置きながら、私をこのまま帰すと云うのは残酷過ぎるじゃありませんか。私が怪しい人間でないと云うことを、もう一遍あなたから会長に説明して下さい。それでも疑いが晴れなかったら、私が美食家であるかないか、会長の前で試験をして下さい。支那料理でも何でも、今迄日本にあったものなら私は一々その味を中《あ》てて見せます。そうしたら私が如何に料理に熱心な男であるか分るでしょう。全体、それほど日本人を嫌うと云うのは可笑しいじゃありませんか。あなたは美食の会だと云われたようですが、或は何か政治上の会合ではないのでしょうか」

「政治上の会合? いやそんなものじゃありません」

支那人は笑いながら、淡泊に否定してしまった。

「しかし此の会では、(此処で支那人はちょっと言葉を句切って、急に真面目な調子になって) 私はG伯爵の名前に対してあなたを飽く迄も信用します。——此の会では、政治上の会よりも寧ろ遙に入場者の人選がやかましいのです。此の会館で食わせる美食はまるで普通の料理とは違って居ます。その料理法は会員以外には全く秘密になって居るのです。

……」

一八

「……今夜此処に集まった連中は重に浙江省の人達ですが、しかし浙江省の人ならば誰でも入場が出来ると云う訳ではありません。総て会長の意志に依るのです。料理の献立も会場の設備も宴会の日取も会計も何も彼も、みんな会長の指図に依って行われます。此の会はまあ彼《あ》の会長一人の会だと云ってもいいでしょう。………」

「すると一体、彼《あ》の会長と云うのはどう云う人なんですか。どうして彼の会長がそんな権力を持って居るんですか」

「あれは随分変った人です。えらいところもある代りに、少し馬鹿なところがあるのです」

支那人はそう云ってから、暫く躊躇するが如くに口の内をモグモグやって居た。会場の方が騒がしいので、好い塩梅に二人の立話は誰にも注意されずに居るらしい。

「馬鹿なところがあると云うと？」

こう云って伯爵が催促した時、支那人の顔にはあまり説明に深入りし過ぎたのを後悔する情が、ありありと見えた。そうして、しゃべろうかしゃべるまいかと思い惑いながら、彼は仕方なしにぼつぼつと言葉を続けた。

「あの人はね、うまい料理を食うことが非常に好きで、其のために馬鹿か気違いのようになるのです。いや、食うことが好きなばかりではありません。料理を自分で拵える事も非常に上手です。それでなくても支那料理と云うものは材料が豊富であるのに、あの人の手にかかればどんな物でも料理の材料にならないものはありません。ありとあらゆる野菜、果物、獣肉、魚肉、鳥肉は勿論のこと、上は人間から下は昆虫に至るまでみんな立派な材料になるのです。あなたも知っていらっしゃるように、支那人は昔から燕の巣を食います、熊の掌《てのひら》、鹿の蹄筋、鮫の翅《ひれ》を食べます。しかしたとえばわれわれに木の皮を食い鳥の糞を食い人間の涎を食うことを教えたのは、恐らくあの会長が始まりでしょう。それから又煮たり焼いたりする方法に就ても、会長に依っていろいろの手段が発明されるようになりました。従ってスープの種類なぞは、今迄十幾種しかなかったものが、既に六七十種に迄なって居るのです。次に最も驚くべきは料理を盛るところの器物です。陶器や、磁器や、金属や、それ等に依って作られた皿だの、碗だの、壺だの、匙だのと云うものばかりが食器でないことが、会長に依って明かにされました。そうして食物は、常に食器の中に盛られると限ったものではなく、食器の外側へぬるぬると塗りこくられることもあります。或は食器の上へ噴水の如く噴き出されることもあります。そうして或る場合には、何処までが器物で何処までが食物であるか分らないことさえないとは云えません。其処まで行かなければ真の美食を味わうことは出来ないと云うのが、会長の意見なのです。……」

一九

「……此処までお話したらば、会長の拵える料理と云うものが、どんな物であるか大概お分りになったでしょう。そうして、其の会に出席する会員の人選を厳密にする訳も大方お分りになるでしょう。――実際こう云う料理があまり世間にはやり出したら、阿片の喫煙がはやるよりももっと恐ろしい訳ですからね」

「で、もう一遍伺いますが、今夜これからそう云う料理が始まるところなんですね?」

「ええまあそうです」

支那人は葉巻の煙に咽せるようなふりをして、こんこんと咳入りながら纔に頷いて見せた。

「成るほどよく分りました。そのお話で大概私にも想像が出来ないことはありません。そう云う美食の会であるとしたならば、政治上の秘密結社よりも余計人選を厳密にするのは当然のことです。正直を云うと、私が常に抱いて居る美食の理想は、矢張り会長の考えの通りだったのです。しかし私には如何にして理想の料理を実現したらよいか、其の方法を発見することが出来ませんでした。会長のえらい点は実に其の方法を知って居るところにあるのです。しかし、たとえ人選を厳密にするにしても、それほど秘密を尚ぶならば、なぜもっと少数の会にしないのでしょう。単に料理を食うだけならば、独りでもいい訳ではないでしょうか」

「いや、それに就ても理由があるのです。料理と云うものは出来るだけ多人数の人間が一堂に集まって、大宴会を催しながら食べるのでなければ、そう云う風に作られたものでなければ、ほんとうの美味を発揮する筈がないと云う、会長の説なのです。それで会長は人選をやかましくすることはしますが、結局今夜のように大勢の参会者を集めなければ承知しません。………」

「それも私の考えて居る通りです。私の倶楽部では会員の数は五人と云う少数ですが、人数の点から云っても今夜の会がそれに較べて如何に大規模なものであるかと云うことが分ります。あまり美食を食いたがるせいか、私は年中旨いものを食う夢ばかりを見て居りますが、今夜の此の会場へ這入って来たことは全く私には夢のようです。寝ても覚めても私が絶えず憧れて居たのは、実に其の会長のような料理の天才に出で遇うことでした。あなたは先、私を少しも疑っては居ないと仰っしゃった。私を信用して居られればこそ、いろいろの話をして下すったに違いない。私がどれほど料理に熱心な男であるかも、お分りになったに違いない。そうしてあなたは、今一歩を進めて、もう一度私を会長に推薦して下さることが出来ないでしょうか。もし会長が何処までも許してくれなかった場合には、たとえ食卓に着かないまでも、こっそりと何かの蔭にかくれて、せめて宴会の様子だけでも見せて下さる訳には行かないでしょうか？」

二〇

G伯爵の口調は、とても卑しい食物《くいもの》の相談とは思われないほど真面目であった。

「さあ、どうしたらいいでしょうか。………」

支那人はもうすっかり酔が醒めたのであろう、今更当惑したように腕組をして考え込んでいたが、口に咬えていた葉巻をぷいと床に投げ捨てると同時に、何事をか決心したらしく顔を擡げた。

「私はあなたに、私として出来るだけの好意を示したつもりです。しかしあなたがそれほどに仰っしゃるのなら、何とかして宴会の光景を見せて上げましょう。ですが、会長に紹介したところで、とても許される望はありません。事に依ったら会長はあなたを警察の刑事だと思っているのかも知れません。寧ろ会長には知らせずに、そっと見物した方がいいでしょう」

そう云いながら、彼は廊下を見廻して誰も気が付く者がないのを確かめた後、つと手を伸ばして自分の倚り掛っている背中の板戸を力強く押すようにした、すると、外套の堆く垂れ下って居た板戸の一部分は、するすると音もなく後へ開いて、二人の体をその蔭へ引き擦り込んだ。

室の四方は悉く殺風景な羽目板で密閉されて居る。二台の古ぼけた長椅子が両側に置いてあって、その枕許に灰皿とマッチとを載せたティー・テーブルが据えてあるばかり、外に何の装飾も設備もない。ただ不思議なのは此の室内に籠っている一種異様な陰惨な臭気である。

「此の部屋は一体何に使うのですか。妙な臭がするようですな」

「此の臭をあなたは知りませんか。これはオピアムです」

支那人は平気でそう云って気味悪く笑った。部屋の一隅に置かれた青いシェードのスタンドから、朦朧とさして来る鈍い電燈の明りが、顔の半面に薄暗い影を作っているせいか、その支那人の人相はまるで別人のように変っている。今迄人の好さそうな無邪気な光を帯びていた眼の色までが、亡国人らしい頽廃と懶惰との表情に満ち満ちているかの如く感ぜられる。

「ああそうですか、阿片を吸う部屋ですか」

「そうです、日本人で此の部屋へ這入ったのは恐らくあなたが始めてでしょう。此の家に使っている日本人の奉公人でさえここにこんな部屋があることは知らないのです。……………」

支那人はもうすっかり気を許して安心してしまったらしい。彼はやがて長椅子に腰を下ろして、それが習慣になっていると云う風にだらしなく寝崩れながら、低い、ものうい、さながら阿片の夢の中の囈言《うわごと》のような口吻で語り出した。

「ああ、大分阿片の臭がする。きっと今迄誰かが阿片を吸っていたのでしょう。御覧なさい。ここに小さな穴があります。ここから覗くと宴会の模様が残らず分ります。此の部屋に這入って来たものは、ここからあの様子を眺め、うとうと阿片の眠りに浸るのです」

二

作者は、G伯爵がその晩その阿片喫煙室の穴から見たところの隣室の宴会の模様を、茲に精しく述べなければならない義務がある。が、その会の会長が参会者の人選を厳密にするのと同じ意味で、読者の人選を厳密にすることが出来ない限り、その模様を赤裸々に発表することが出来ないのを遺憾とする。ただ、その一晩の目撃に依って、どれほど伯爵が平素の渇望を癒やし得たか、そうしてその後、料理に対する伯爵の創意と才能とが、どれほど長足の進歩を遂げたか、それを読者に報告することにしよう。――実際、その事があって間もなく、伯爵は偉大なる美食家、且つ偉大なる料理の天才として、彼の倶楽部の会員達から無上の讃辞と喝采とを博し得たのである。事情を知らない会員達は、抑も伯爵が如何なる方面からかかる美食の伝授を受けたか、伯爵が一朝にしてこう云う料理を発見するに至ったのは何に依るのかと、訝まないものは一人もなかった。しかし巧慧なる伯爵は、あの支那人との間に取り交わした約束を重んじて、飽く迄も浙江会館の存在を秘したばかりでなく、それ等の料理が自分の独創に出づることを固く主張して止まなかった。

「我輩は誰に教わったのでもない。此は全くインスピレーションに依ったのだ」

さう云って彼は空惚《そらとぼ》けていた。

美食倶楽部の楼上では、それから毎晩、伯爵の主宰に依って驚くべき美食の会が催されたのである。そのテーブルに現われる料理は、大体が支那料理に似通っていたにも拘らず、ある点では全然今迄に前例のないものであった。そうして、第一、第二、第三と宴会が重なって行くに連れて、料理の種類と方法とは、いよいよ豊富に複雑になって行った。先ず第一夜の宴会の献立から、順を追うて次に書き記して見よう。

清湯燕菜　鶏粥魚翅　蹄筋海参　焼烤全鴨　炸八塊

竜戯球　火腿白菜　抜絲山薬　玉蘭片　双冬笋

——こう挙げて来れば、少しも支那料理に異《かわ》らないと早合点をする人もあるだろう。いかにも此等の料理の名前は支那料理にありふれたものなのである。倶楽部の会員達も始めに献立を読んだ時は、「何だ又支那料理か」と思わないものはなかったが、それは料理が運び出されて来るまでの不平に過ぎなかった。なぜかと云うに、やがて彼等の食卓の上に置かれたものは、献立に依って予想していた料理とは、味は勿論、外見さえもひどく違ったものが多かったのである。

二二

たとえば其の中の鶏粥魚翅《けいしゅくぎょし》の如きは、普通に用うる鶏のお粥でもなければ鮫の鰭《ひれ》でもなかった。ただどんよりとした、羊羹のように不透明な、鉛を融かしたように重苦しい、素的に熱い汁が、偉大な銀の丼の中に一杯漂うて居た。人々は其の丼から発散する芳烈な香気に刺戟されて、我れ勝ちに匙を汁の中に突込んだが、口へ入れると意外にも葡萄酒のような甘みが口腔へ一面にひろがるばかりで、魚翅や鶏粥の味は一向に感ぜられなかった。

「何んだ君、こんな物が何処がうまいんだ。変に甘ったるいばかりじゃないか」

そう云って気早やな会員の一人は腹を立てた。が、その言葉が終るか終らないうちに、其の男の表情は次第に一変して、何か非常な不思議な事を考え付いたか、見附け出しでもしたように、突然驚愕の眼を瞬った。と云うのは、今の今まで甘ったるいと思われて居た口の中に、不意に鶏粥と魚翅の味とがしめやかに舌に沁み込んで来たのである。

甘い汁が、一旦咽喉へ嚥み下される事はたしかである。けれども其の汁の作用はそれで終った訳ではない。口腔全体へ瀰漫した葡萄酒に似た甘い味が、だんだんに稀薄になりながらも未だ舌の根に纏わって居る時、先に嚥み込まれた汁は更に噫になって口腔へ戻って来る。奇妙にも其の噫には立派に魚翅と鶏粥との味が附いて居るのである。そうして其れが舌に残って居る甘みの中に混和するや否や忽ちにして何とも云えない美味を発揮する。葡萄酒と鶏と鮫の鰭とが、一度に口の中に落ち合って醱酵しつつ、しおからの如くになるのではないかと云うような感じを与える。第一、第二、第三、と噫の回数が重なるに従って、それ等の味はいよいよ濃厚になり辛辣になる。

「どうだね、そんなに甘ったるいばかりでもなかろう」

その時伯爵は、会員一同の顔を見渡しながら、ニヤリと会心の笑みを洩らすのである。

「君たちは其の甘い汁を味わうのだと思ってはいけない。君たちに味わって貰いたいのは後から出て来る噫なのだ。噫を味わうために其の甘い汁を吸うのだ。我れ我れのように、常に食物を喰い過ぎる連中は、先ず何よりも噫の不快を除かなければならない。たべた後で不快を覚えるような料理は、どんなに味が旨くっても真の美食と云う事は出来ない、喰えば喰うほど後から一層旨い噫が襲って来る、それでこそ我れ我れは飽く事を知らずにたらふく胃袋へ詰め込む事が出来るのだ。此の料理は、大して変った物でもないが、其の点に於いて君たちに薦める理由があると思う」

二三

「いや恐れ入った。此れだけの料理を発明した以上、君はたしかに賞金を受け取る資格がある」

こう云って、先《さっき》伯爵を批難しかけた男が、先ず第一に讃嘆の声を放つ。一座は今更のように伯爵の天才に対して、敬慕の情を禁じ得なかったのである。

「それにしても、此の不思議な料理の作り方を、会員一同に発表して貰う訳には行かないかね。あの甘ったるい汁から、どうしてあんな噫が出るのか、それが僕等には永久の疑問だ」

「いや、発表することだけは許して貰おう。僕の発明したものが単純な料理であるなら、僕も美食倶楽部の会員である以上、その作り方を諸君に伝授する義務があるかも知れない。しかし此れは料理と云うよりは寧ろ魔術だ。美食の魔術だ。既に魔術であるのだから、僕は此れを作り出す方法を、自分の権利として秘密に保管したいと思う。如何にして作り出すかは、宜しく諸君の想像に任せて置くより仕方がない」

こう答えて伯爵は、会員一同の愚を憐むが如くに笑った。

しかし、伯爵の所謂「美食の魔術」は、なかなか此のくらいな程度に止まって居るのではなかった。一つ一つの料理が、全く異った趣向と意匠とを以て、思いがけない方面から会員の味覚を襲撃する。味覚？——と云っただけでは或は不十分かも知れない。正直を云えば、会員たちは彼等の備えているあらゆる官能を用いた後に、始めてそれ等の料理を完全に味わう事が出来たのである。彼等は啻《ただ》に舌を以て其美食を味わうばかりでなく、眼を以て、鼻を以て、耳を以て、或る時は肌膚を以て味わわなければならなかった。極端な云い方をすると、彼等の体中が悉く舌にならなければならなかった。就中、「火腿白菜《かたいはくさい》」の料理の如きは最もその適例であると云う事が出来よう。

火腿と云うのは一種のハムである。白菜と云うのは、キャベツに似て白い太い茎を持った支那の野菜である。が、此の料理も例に依って最初からハムや野菜の味がするのではない、そうして、献立に記されてある外の凡ての料理が出されてしまってから最後に此れを味わう順序になって居る。

此の料理が出される前に、会員は先ず食卓の傍を五六尺離れた上、食堂の四方へ散り散りに別れてイ立する事を要求される。それから不意に室内の電燈が悉く消される。どんな僅かな隙間からでも一点の明りさえ洩れて来ないように、窓や入口の扉は厳重に注意深く密閉される。部屋の中は、全く一寸先も見えないほどの濃厚な闇にさせられる。その、カタリとも音のしない、死んだように静かな暗黒裡に、会員は黙々として三十分ばかり立たせられるのである。

二四

其の時の会員の心持を、読者は宜しく想像して見なければならない。――彼等は其の時までに散々物を喰い過ぎて居る。たとい不愉快な噫には攻められないとしても、彼等の胃袋は相当に膨れ上って居る。彼等の手足は、飽満状態から来るものうい倦怠を感ぜざるを得ない。体中の神経が痺れ切って、彼等はともすれば、うとうとと睡りそうになって居る。其れが突然暗闇へ入れられて、長い間立たせられるのであるから、一旦鈍くなりかけた彼等の神経は、再び鋭く尖って来る。「此れから何が現われるか、此の暗闇で何を喰わされるのか」と云う期待が、十分な緊張さを持って、彼等の胸に力強く蘇って来る。勿論、明りを防ぐ為めにストーブの火さえも消されて居るので、部屋の空気は次第に寒くなって、睡気などは跡形もなく飛び散ってしまう。彼等の眼は、見る物もない闇の中で、冴え返って来るばかりである。要するに、彼等は次の料理を口にする前から、思う存分に度胆を抜かれてしまうのである。

彼等が斯くの如き状態の絶頂に達した時に、誰か知らぬが、部屋の隅の方から忍びやかに歩いて来る人の足音が聞え始める。其の人間が今まで其処に居た会員の一人でない事は、いかにもなまめかしくさやさやと鳴る衣擦れの音に依っても明らかである。軽い、しとやかな上靴《スリッパ》の音から想像すると、どうしても其れは女でなければならない。何処から、いかにして此の室内へ這入って来たのか分らないけれど、其の人間はちょうど檻に入れられた獣のように、部屋の一方から一方へ、会員達の鼻先を横切りつつ、黙々として五六度も往ったり来たりする。其の間は多分二三分ぐらい続いたであろう。

程なく、部屋の右側の方へ廻って行った足音は、其処に立たされて居る会員の一人の前で、ぴったりと止まる。——作者は仮りに其の会員の一人をAと名付けて、此れから次後の出来事を、Aの気持になって説明しよう。A以外の会員には、自分達の順番が廻って来るまで、其の後暫らく何事も起らないのである。

Aは、今しも自分の前に止まった足音の主が、果して想像の如く一人の女であった事を感ずる。なぜかと云うのに、女に特有な髪の油や白粉や香水の匂が、まざまざと彼の嗅覚を襲って来るからである。其の匂は、殆んど彼を窒息させんばかりにAの身辺に迫って来て、女は彼とさし向いに、顔を擦れ擦れにして立って居るのである。それ程になっても相手の姿が見えないくらい、室内の闇は濃いのであるから、Aは全く視覚以外の感覚に依って、其れを知るより外にない。Aの額には優しい女の前髪が触れる。Aの襟元には暖かい女の息がかかる。そうして居るうちに、Aの両頰は、女の冷たい、しかし柔かい掌《たなごころ》に依って、二三遍薄気味悪く上下へ撫で廻される……。

二五

Aは其の掌の肉のふくらみと指のしなやかさから、若い女の手であるに違いないと思う。けれども、その手は抑も何の目的で自分の顔を撫でて居るのやら明瞭でない。最初に左右の蟀谷《こめかみ》を押さえて其処をグリグリと擦った後、今度は眼蓋の上へ両の掌《てのひら》をぺったりと蓋《かぶ》せて、そろそろと撫で下しながら、眼を潰《つぶ》らせようと努めるものの如くである。次にはだんだんと頰の方へ移って、鼻の両側をさすり始める。手には右にも左にも数個の指輪が嵌まって居るらしく、小さい堅い金属製の冷たさが感ぜられる。――以上の手術（?）は、殆ど顔のマッサージと変りはない。Aは大人しく撫でられて居るうちに、美顔術でも施された跡のような爽かな生理的快感が、脳髄の心の方まで沁み渡るのを覚えるのである。

其の快感は、直ぐ其の次に行われる一層巧妙な手術に依って、更に更に昂められる。顔中を残らず摩擦し終った手は、最後にAの唇を摘まんで、ゴムを伸び縮みさせるように引張ったり弛《たる》ませたりする。或は頤に手をかけて、奥歯のあるあたりを頬の上からぐいぐいと揉んで見たり、口の周囲を縫うようにしながら、上唇と下唇の縁を指の先で微かにとんとんと叩いて見たりする。それから口の両端へ指をあてて、口中の唾液を少しずつ外へ誘《いざな》い出しつつ、しまいには唇全体がびしょびしょに濡れるまで其の辺一帯へ唾吐《つばき》を塗りこくる。塗りこくった指の先で、何度も何度もぬるぬると唇の閉じ目を擦る。Aは、まだ何物をも喰わないのに、既に何かを頬張って涎を垂らしつつあるような感触を、その唇に与えられる。Aの食慾は自然と旺盛にならざるを得ない。彼の口腔には美食を促す意地の穢い唾吐が、奥歯の後から滾々湧き出て一杯になって居る。………

Aが、もう溜らなくなって、誘い出されるまでもなく、自分から涎をだらだらと垂らしそうになった刹那である。今迄彼の唇を弄んで居た女の指頭は、突如として彼の口腔内へ挿し込まれる。そうして、唇の裏側と歯齦との間をごろごろと掻き廻した揚句、次第に舌の方へまで侵入して来る。涎は其れ等の五本の指へこってりと纏わって、指だか何だか分らないようなどろどろな物にさせてしまう。その時始めてAの注意を惹いたのは、それ等の指が、いかに涎に漬かって居るにもせよ、到底人間の肉体の一部とは信ぜられないくらい、余りにぬらぬらと柔か過ぎる事であった。五本の指を口の中へ押し込まれて居れば可なり苦しい筈であるのに、Aにはそう云う切なさが感ぜられない。仮りにいくらか切ないとしても、大きな餅を頬張ったほどの切なさである。若し誤って歯をあてたりしたらば、それ等の指は三つにも四つにも咬み切られてしまいそうである。

二六

とたんにAは、舌と一緒に其の手へ粘り着いて居る自分の唾吐が、どう云う加減でか奇妙な味を帯びて居る事を感じ出す。ほんのりと甘いような、又芳ばしい塩気をも含んで居るような味が、唾吐の中からひとりでにじとじとと泌み出しつつあるのである。唾吐がこんな味を持って居る筈はない。そうかと云って、勿論女の手の味でもあろう筈はない。……Aはしきりに舌を動かして其の味を舐めすすって見る。舐めても舐めても、尽きざる味が何処からか泌み出して来る。遂には口中の唾吐を悉く嚥み込んでしまっても、やっぱり舌の上に怪しい液体が、何物からか搾り出されるようにして滴々と湧いて出る。此処に至って、Aはどうしても其れが女の指の股から生じつつあるのだと云う事実を、認めざるを得ないのである。彼の口の中には、その手より外に別段外部から這入って来たものは一つもない。そうして其の手は、五本の指を揃えて、先からじっと彼の舌の上に載って居る。それ等の指に附着して居るぬらぬらした流動物は、今迄たしかにAの唾吐であるらしく思われたのに、指自身からも唾吐のような粘っこい汁が、脂汗の湧き出るように漸々に滲み出て居るのであった。――

「それにしても此のぬらぬらした物質は何だろう。――此の汁の味は決して自分に経験のない味ではない。自分は何かで此のような味を味わった覚えがある」

Aは猶も舌の先でべろべろと指を舐め尽しながら考えて見る。と、何だか其れが支那料理のハムの匂に似て居ることを想い浮べる。正直を云うと、彼は疾うから想い浮べて居たのかも知れないのだが、あまり取り合わせが意外なので、ハッキリ其れとは心付かずに居たのであった。

「そうだ、明かにハムの味がする。而も支那料理の火腿の味がするのだ」

此の判断をたしかめる為に、Aは一層味覚神経を舌端に集めて、ますます指の周りを執拗に撫でて見たりしゃぶって見たりする。怪しい事には、指の柔かさは舌を持って圧せば圧すほど度を増して来て、たとえば葱か何かのようにくたくたになって居るのである。Aは俄然として、人間の手に違いなかった物がいつの間にやら白菜の茎《じく》に化けてしまった事を発見する。いや、化けたと云うのは或は適当でないかも知れない。なぜかと云うのに、それは立派に白菜の味と物質とから成り立って居ながら、いまだに完全な人間の指の形を備えて居るからである。現に人さし指と中指には元の通りにちゃんと指輪が篏まっている。そうして掌《たなごころ》から手頸の肉の方へ完全に連絡して居る。何処から白菜になり、何処から女の手になって居るのか、その境目は全く分らない。云わば指と白菜との合《あい》の子《こ》のような物質なのである。

二七

不思議は啻にそればかりには止まらない。Aがそんな事を考えて居る暇に、その白菜――だか人間の手だか分らない物質は、恰も舌の動くように口腔の内で動き始める。五本の指が一本々々運動を起して或る者は奥歯のウロの中を突ッ衝いたり、或る者は舌の周囲へ絡み着いたり、或る者は歯と歯の間へ挟まって自ら進んで嚙まれるようにする。「動く」と云う点からすれば、どうしても人間の手に違いないのだが、動きつつあるうちに紛うべくもない植物性の繊維から出来た白菜である事が、益《ますます》明かに暴露される。Aは試みに、アスパラガスの穂を喰う時のように、先の方を嚙んで見ると、直にグサリと嚙み潰されて、潰された部分の肉は完全なる白菜と化してしまう。而も此れ迄に嘗て経験したことのないような、甘味のある、たっぷりとした水気を含んだ、まるでふろふきの大根のように柔軟《やわらか》な白菜なのである。

Aは其の美味に釣り込まれつつ思わず五本の指の先を悉く嚙み潰しては嚥み下す。ところが、嚙み潰された指の先は少しも指の形を損じないのみか、依然としてぬらぬらした汁を出しながら、歯だの舌だのへ白菜の繊維を絡み着かせる。噛み潰しても噛み潰しても跡から跡からと指の頭に白菜が生じる。………ちょうど魔術師の手の中から長い長い万国旗が繋がって出るような工合にである。

こうしてAが腹一杯に白菜の美味を貪り喰ったと思う頃、植物性の繊維から出来て居た手の先は、再び正真正銘の人間の肉を以て成り立った指に変ってしまう。そうして、それ等の五本の指は、口の中に残って居る喰い余りの糟をきれいに掃除して、薄荷のようなヒリヒリした爽かな刺戟物を歯の間へ撒き散らした後、すっぽりと口の外へ脱け出てしまう。

此れが第一夜の宴会の最終の料理である。以上二つの実例に依って、献立の中に示された其の他の料理も、いかに怪奇な性質の物であるかは大略想像することが出来るであろう。此の白菜の料理が済んでから、暗くなって居た会場には以前のように明るい電燈が燈される。が、其処にはあの不可解な手の持主である可き女の影は跡形もない。

「此れで今夜の美食会は終ったのであります。――」

こう云って、其時G伯爵は、驚愕に充ちた会員達の表情を視詰めながら、簡単に散会の挨拶を述べる。

「私は先刻、今夜の美食は普通の料理ではなくて料理の魔法であると云った。しかし茲に断って置きたいのは、私は何も故《ことさ》らに奇を好んでこんな魔法を用いるのではないと云う事です、私は決して、真の美食を作り出すことが出来ない為めに、魔法を以て諸君を煙に巻こうとするのではないのです。私の意見を以てすれば、真の美食を作り出すのには、魔法を用うるより外に道がないと思うのです。………」

二八

「………なぜかと云うのに、我れ我れはもう、単に舌のみを以て味わうところの美食と云う物を、既に幸に味わい尽して居る。限られたる所謂料理の範囲内に於いて、此れ以上に我れ我れを満足させる物は一つもないのであります。勢い我れ我れは、自分たちの味覚を更に喜ばせる為めには、料理の範囲を著しく拡張すると共に、之を享楽する我れ我れ自身の官能の種類をも、出来るだけ多種多様にしなければなりません。同時に又、美食の効果を飽く迄も顕著ならしめる為めに、我れ我れは予め美味を享楽するに先だって、我れ我れの好奇心を十分其の目的物の上に集注させる必要があるのです。我れ我れの好奇心が熾烈であれば熾烈であるほど、其の対象物の価値は一層高まって来るのです。私が料理に魔法を応用するのは、即ち此の好奇心を諸君の胸に挑発したいというのが主眼なのであります。………」

会員はただ茫然として、恰も狐につままれたような心地を抱きながら、一言の返辞もせずに会場を出て行くのであった。

つづいて其の明くる晩、第二夜の饗宴が同じ倶楽部の会場に於いて開催された。作者は其の夜の献立を一々此処に列挙する事の煩を避けて、其の中の最も奇抜なる料理の名前と、その内容とを説明しよう。

即ち其れは、

高麗女肉《こうらいじょにく》

と云う料理である。第一夜の献立に於いては、料理の内容は兎に角、名前だけは純然たる支那料理であったのに、高麗女肉と云うのは支那料理にも決してあり得ない珍らしい名前である。尤も、単に高麗肉と云うのならば支那料理にもない事はない。高麗とは支那料理の天ぷらを意味するので、豚の天ぷらのことを普通高麗と称して居る。然るに高麗女肉と云えば、支那料理風の解釈に従うと、女肉の天ぷらでなければならない。献立の中から此の料理の名を見附け出した会員たちの好奇心が、どれ程盛んに煽られるかは推量するに難からぬ所であろう。

さてその料理は皿に盛ってあるのでもなく、碗に湛えられてあるのでもない。其れは一枚の素敵に大きな、ぽつぽつと湯気の立ち昇るタオルに包まれて、三人のボーイに恭しく担がれながら、食卓の中央へ運び込まれる。タオルの中には支那風の仙女の装いをした一人の美姫が、華やかに笑いながら横わって居るのである。彼女の全身に纏わって居る神々しい羅綾の衣は、一見すると精巧な白地の緞子かと思われるけれど、実は其れが悉く天ぷらのころもから出来上って居る。そうして此の料理の場合には、会員たちはたゞ女肉の外に附いて居る衣だけを味わうのである。

＊　＊　＊　＊　＊　＊　＊　＊　＊　＊

以上の記述は、G伯爵の奇怪なる美食法に関して、僅かに其片鱗を窺ったゞけのものに過ぎない。片鱗に依って其の全般を推し測るには余り多くの変化に富んだ料理ではあるけれども、而も伯爵の創造の方が無尽蔵である限り、作者が如何に宴会の回数を追うて詳細な記述を試みるとしても、要するに其の全般を知了することは不可能なのである。そこで已むを得ず第三次より第五次、第六次にいたる宴会の献立の内から、最も珍らしい料理の名前を列記するに止めて一と先ず筆を擱くことにしよう。即ち左の通りである。

鴿蛋温泉　　葡萄噴水　　咳唾玉液　　雪梨花皮

紅焼唇肉　　胡　蝶　羹　　天鵞絨湯　　玻璃豆腐

賢明なる読者の中には、此等の名前がいかなる内容の料理を暗示して居るか、大方推量せられる人々もある事と思う。兎にも角にも美食倶楽部の宴会は未だに毎晩G伯爵の邸内で催されつつあるのである。此の頃では、彼等は最早や美食を「味わう」のでも「食う」のでもなく単に「狂」って居るのだとしか見受けられない。気が違うか病死するか、彼等の運命はいずれ遠からず決着する事と作者は信じて居る。

洋食いろいろ「魚河岸」

芥川龍之介

去年の春の夜、——と云《い》ってもまだ風の寒い、月の冴《さ》えた夜の九時ごろ、保吉《やすきち》は三人の友だちと、魚河岸《うおがし》の往来《おうらい》を歩いていた。三人の友だちとは、俳人《はいじん》の露柴《ろさい》、洋画家の風中《ふうちゅう》、蒔画師《まきえし》の如丹《じょたん》、——三人とも本名は明《あか》さないが、その道では知られた腕《うで》っ扱《こ》きである。殊《こと》に露柴《ろさい》は年《とし》かさでもあり、新傾向の俳人としては、夙《つと》に名を馳《は》せた男だった。

我々は皆酔っていた。尤《もっと》も風中《ふうちゅう》と保吉《やすきち》とは下戸《げこ》、如丹《じょたん》は名代《なだい》の酒豪《しゅごう》だったから、三人はふだんと変らなかった。唯露柴《ただろさい》はどうかすると、足もとも少々あぶなかった。我々は露《ろ》柴《さい》を中にしながら、腥《なまぐさ》い月明りの吹かれる通りを、日本橋の方へ歩いて行《い》った。

露柴《ろさい》は生っ粋の江戸っ児《こ》だった。曽祖父は蜀山《しょくさん》や文晁《ぶんちょう》と交遊の厚かった人である。家も河岸《かし》の丸清《まるせい》と云えば、あの界隈では知らぬものはない。それを露柴《ろさい》はずっと前から、家業は殆《ほとん》ど人任せにしたなり、自分は山谷の露路の奥に、句と書と篆刻とを楽《たの》しんでいた。だから露柴《ろさい》には我々にない、何処《どこ》かいなせな風格があった。下町気質《したまちかたぎ》よりは伝法な、山の手には勿論《もちろん》縁の遠い、——云《い》わば河岸の鮪《まぐろ》の鮨《すし》と、一味《み》相通ずる何物かがあった。……

露柴《ろさい》はさも邪魔そうに、時々外套《がいとう》の袖をはねながら、快活に我々と話し続けた。如丹《じょたん》は静かに笑い笑い、話の相槌を打《う》っていた。その内《うち》に我々は何時《いつ》の間にか、河岸の取《と》っつきへ来《き》てしまった。この儘《まま》河岸を出抜けるのはみんな妙に物足りなかった。すると其処《そこ》に洋食屋が一軒、片側を照らした月明りに白い暖簾《のれん》を垂らしていた。この店《みせ》の噂は保吉《やすきち》さえも何度か聞かされた事があった。「はいろうか？」「はいっても好《い》いな」――そんな事を云い合う内に、我々はもう風中《ふうちゅう》を先に、狭い店の中へなだれこんでいた。

店の中には客が二人、細長い卓《たく》に向っていた。客の一人は河岸の若い衆《しゅう》、もう一人は何《ど》処《こ》かの職工らしかった。我々は二人ずつ向《むか》い合《あ》いに、同じ卓に割りこませて貰った。それから平貝のフライを肴に、ちびちび正宗《まさむね》を嘗《な》め始めた。勿論《もちろん》下戸《げこ》の風中《ふうちゅう》や保吉《やすきち》は二つと猪口《ちょこ》は重ねなかった。その代《かわ》り料理を平《たい》らげさすと、二人とも中々健啖《なかなかけんたん》だった。

この店は卓《たく》も腰掛けも、ニスを塗らない白木だった。おまけに店を囲う物は、江戸伝来の葭簀《よしず》だった。だから洋食は食っていても、殆ど洋食屋とは思われなかった。風中《ふうちゅう》は誂《あつら》えたビフテキが来《く》ると、これは切り味じゃないかと云《い》ったりした。如丹《じょたん》はナイフの切れるのに、大《おお》いに敬意を表していた。保吉は又電燈の明《あか》るいのがこう云《い》う場所だけに難有《ありがた》かった。露柴《ろさい》も、――露柴《ろさい》は土地っ子だから、何も珍らしくはないらしかった。が、鳥打帽《とりうちぼう》を阿弥陀《あみだ》にした儘、如丹《じょたん》と献酬《けんしゅう》を重《かさ》ねては、不相変《あいかわらず》快活にしゃべっていた。

するとその最中に、中折帽《なかおれぼう》をかぶった客が一人、ぬっと暖簾《のれん》をくぐって来た。客は外套《がいとう》の毛皮の襟《えり》に肥《ふと》った頬を埋めながら、見ると云うよりは睨《にら》むように、狭い店の中へ眼をやった。それから一言《ごん》の挨拶《あいさつ》もせず、如丹《じょたん》と若い衆との間の席へ、大きい体を割りこませた。保吉《やすきち》はライスカレーを掬《すく》いながら、嫌《いや》な奴《やつ》だなと思っていた。これが泉鏡花の小説だと、任侠欣《にんきょうよろこ》ぶべき芸者か何かに、退治られる奴だがと思っていた。しかし又現代の日本橋は、到底《とうてい》鏡花の小説のように、動きっこはないとも思っていた。

客は註文を通した後《のち》、横柄《おうへい》に煙草をふかし始《はじ》めた。その姿は見れば見る程、敵役《かたきやく》の寸法に嵌《はま》っていた。脂ぎった赭ら顔は勿論《もちろん》、大島の羽織《はおり》、認めになる指環《ゆびわ》、——悉《ことごと》く型を出《い》でなかった。保吉《やすきち》は愈《いよいよ》中《あ》てられたから、この客の存在を忘れたさに、隣にいる露柴《ろさい》へ話しかけた。が、露柴《ろさい》はうんとか、ええとか、好《い》い加減な返事しかしてくれなかった。のみならず彼も中《あ》てられたのか、電燈の光に背《そむ》きながら、わざと鳥打帽《とりうちぼう》も目深《まぶか》にしていた。

保吉《やすきち》はやむを得ず風中《ふうちゅう》や如丹《じょたん》と、食物の事などを話し合った。しかし話ははずまなかった。この肥《ふと》った客の出現以来、我々三人の心もちに、妙な狂いの出来《でき》た事は、どうにも仕方のない事実だった。

客は註文のフライが来《く》ると、正宗《まさむね》の罎《びん》を取り上げた。そうして猪口《ちょこ》へつごうとした。その時誰《ときたれ》か横合《よこあ》いから、「幸《こう》さん」とはっきり呼んだものがあった。客は明らかにびっくりした。しかもその驚いた顔は、声《こえ》の主を見たと思うと、忽《たちま》ち当惑の色に変り出《だ》した。「やあ、こりゃ檀那《だんな》でしたか。」——客は中折帽を脱ぎながら、何度も声の主に御時儀をした。声の主は俳人の露柴《ろさい》、河岸《かし》の丸清《まるせい》の檀那《だんな》だった。

「少時《しばらく》だね。」——露柴《ろさい》は涼《すず》しい顔をしながら、猪口《ちょこ》を口へ持って行《い》った。その猪口《ちょこ》が空になると、客は隙《す》かさず露柴《ろさい》の猪口へ客自身の罎の酒《さけ》をついだ。それから側目《はため》には可笑《おか》しい程《ほど》、露柴《ろさい》の機嫌《きげん》を窺《うかが》い出《だ》した。……

鏡花の小説は死《し》んではいない。少くとも東京の魚河岸《うおがし》には、未《いま》だにあの通りの事件も起るのである。

しかし洋食屋の外へ出た時、保吉《やすきち》の心は沈んでいた。保吉《やすきち》は勿論《もちろん》「幸《こう》さん」には、何の同情も持《も》たなかった。その上露柴《ろさい》の話《はなし》によると、客は人格も悪《わる》いらしかった。が、それにも関《かかわ》らず妙に陽気にはなれなかった。保吉の書斎の机の上には、読みかけたロシュフウコオの語録がある。——保吉《やすきち》は月明りを履《ふ》みながら、何時《いつ》かそんな事を考えていた。

湯豆腐「湯どうふ」

泉　鏡花

昨夜は夜ふかしをした。

今朝……と云うがお午《ひる》ごろ、炬燵《こたつ》でうとうとして居《い》ると、いつも来て囀《さえず》る、おてんばや、いたずらッ児《こ》の雀たちは、何処《どこ》へすッ飛《と》んだか、ひっそりと静まって、チイチイと、甘えるように、寂《さび》しそうに、一羽目白鳥《いちわめじろ》が鳴いた。

いまが花の頃の、裏邸《うらやしき》の枇杷《びわ》の樹《き》かと思うが、もっと近い。屋根には居《い》まい。じき背《せ》戸《ど》の小さな椿《つばき》の樹《き》らしいなと、そっと縁側《えんがわ》へ出て立つと、その枇杷《びわ》の方から、斜にさっと音がして時雨《しぐれ》が来た。

椿の梢《こずえ》には、つい此のあいだ枯萩《かれはぎ》の枝を刈って、その時引残した朝顔の蔓《つる》に、五《いつ》つ六《む》つ白い実のついたのが、冷く、はらはらと濡れて行く。

考えても見たが可《い》い。風流人だと、鶯《うぐいす》を覗《のぞ》くにも行儀があろう。それ鳴いた、障子《しょうじ》を明けたのでは、めじろが熟《じっ》として居よう筈がない。透かしても、何処《どこ》にもその姿は見えないで、濃い黄に染まった銀杏《いちょう》の葉が、一枚ひらひらと飛ぶのが見えた。

懐手《ふところで》して、肩が寒い。

こうした日は、これから霙《みぞれ》にも、雪にも、いつもいいものは湯豆府《ゆどうふ》だ。——昔からものの本にも、人の口にも、音に響いたものである。が、……此《こ》の味は、中年からでないと分らない。誰方《どなた》の児《こ》たちでも、小児《こども》で此《これ》が好きだと言うのは余りなかろう。十四五ぐらいの少年で、僕は湯どうふが可《い》いよ、なぞは——説明に及ばず——親たちの注意を要する。今日のお菜《かず》は豆府と云えば、二十時分《はたちじぶん》のまずい顔は当然と言って可い。

能楽師、松本金太郎叔父《おじ》てきは、湯どうふはもとより、何《ど》うした豆府も大《だい》のすきで、従って家中《うちじゅう》が皆嗜《たし》んだ。その叔父は十年ばかり前、七十一で故人になったが、尚《な》おその以前……米が両《りょう》に六升《ろくしょう》でさえ、世の中が騒がしいと言《い》った、諸物価の安い時、月末、豆府屋の払《はらい》が七円を越した。……どうも平民《へいみん》は、すぐに勘定《かんじょう》にこだわるようでお恥かしいけれども、何事も此の方が早分りがする。……豆府一挺《とうふいっちょう》の値《ね》が、五厘から八厘、一銭、乃《ない》至《し》二銭の頃の事である。……食ったな！　何《ど》うも。……豆府屋の通帳《かよいちょう》のあるのは、恐らく松本の家ばかりだろうと言《い》ったものである。いまの長《ながし》もよく退治《たいじ》る。——お銚子《ちょうし》なら、まだしもだが、催《もよおし》、稽古なんど忙しい時だと、ビールで湯どうふで、見る見るうちに三《さん》挺《ちょう》ぐらいぺろりと平らげる。当家のは、鍋《なべ》へ、そのまま箸《はし》を入れるのではない。ぶつぶつと言うやつを、椀《わん》に装出《よそいだ》して、猪口《ちょく》のしたじで行《や》る。何十年来馴れたもので、つゆ加滅も至極だが、しかし、その小児たちは、皆知らん顔をしてお魚《とと》で居る。勿論、そのお父さんも、二十時代には、右同断《みぎどうだん》だったのは言うまでもない。

紅葉先生も、はじめは「豆府と言文一致は大嫌《だいきら》いだ」と揚言《ようげん》なすったものである。まだ我楽多文庫《がらくたぶんこ》の発刊に成らない以前と思《おも》う……大学率へ通わるるのに、飯田町の下宿においでの頃、下宿の女房《かみ》さんが豆府屋を、とうふ屋《や》さんと呼《よ》び込《こ》む――小さな下宿でよく聞える――声がすると、「媼《ばあ》さん、又豆府か。そいつを食わせると斬《き》っ了《ちま》うぞ」で、予《かね》てこのみの長船《おさふね》の鞘《さや》を払《はら》って、階子段《はしごだん》の上を踏鳴らしたと……御自分ではなさらなかったが、当時のお友だちもよく話《はな》すし、おとしよりたちも然《そ》う言って苦笑をされたものである。身体《からだ》が弱くおなりに成ってからは、「湯豆府の事だ。……古人は偉い。いいものを拵《こしら》えて置《お》いてくれたよ」と、然《そ》うであった。

ああ、命日は十月三十日、……その十四五日前であったと思う。……お二階の病床を、久しぶりで、下階の八畳の縁《えん》さきで、風冷かな秋晴《あきばれ》に、湯どうふを召がりながら、「おい、そこいらに蓑虫《みのむし》が居るだろう。……見《み》な」。「はッ」と言った昨夜のお夜伽《よとぎ》から続いて傍《そば》に居た、私は、いきなり、庭へ飛出したが、一寸《ちょっと》広い庭だし、樹《き》もいろいろある。葉もまだ落ちない。形は何処か、影も見えない。予《かね》て気短なのは知って居る。特に御病気。何かのお慰《なぐさみ》に成《な》ろうものを、早く、と思うが見当らない。蓑虫《みのむし》恋しく途《と》に迷った。「其処《そこ》に居る、……其の百日紅《さるすべり》の左の枝だ」。上野の東照宮の石段から、不忍の池を遙に、大学の大時計の針が分明《ぶんめい》に見《み》えた瞳《ひとみ》である。かかる時にも鋭かった。睫毛《まつげ》ばかりに附着《くッつ》いて、小さな枯葉をかぶりながら、あの蓑虫は掛って居た。そっとつまんで、葉をそのまま、ごそりと掌に据えて行《ゆ》くと、箸を片手に、おもやせたのが御覧なすって、「ゆうべは夜中から、よく鳴いて居たよ――ちち、ちち――と……秋は寂しいな――よし。其方《そっち》へやっときな。……殺すなよ」。小栗も傍《かたわら》から手をついて差覗《さしのぞ》いた。「はい、葉の上へ乗せて置きます」。軽く頷いて、先生が、「お前たち、銚子《ちょうし》をかえな」。……ちち、ちち、ははのなきあとに、ひとえにたのみ参《まい》らする、その先生の御寿命が。……玄関番から私には幼馴染と云《い》ってもいい柿の木の下の飛石づたいに、うしろ向きに、袖はそのまま、蓑虫の蓑《みの》の思《おもい》がしたのであった。

ただし、その頃は、まだ湯豆府の味は分《わか》らなかった。真北には、此の湯豆府、たのしみ鍋、あおやぎなどと言《い》う名物があり、名所がある。辰巳《たつみ》の方《かた》には、ばか鍋《なべ》、蛤鍋《はまなべ》などと言《い》う逸物《いちもつ》、一類《いちるい》があると聞く。が、一向に場所も方角も分《わか》らない。内証《ないしょう》でその道の達者にただすと、曰《いわ》く、鍋で一杯やるくらいの余裕《よゆう》があれば、土手を大門《おおもん》とやらへ引返す。第一帰りはしない、と言った。格言《かくげん》だそうである。皆若かった。いずれも二十代の事だから、湯どうふで腹はくちく成らぬ。餅の大切《おおぎれ》なだるま汁粉《じるこ》、それも一ぜん、おかわりなし。……然《しか》らざれば、かけ一杯で、蕎麦湯をだぶだぶとお代《かわ》りをするのだそうであった。

洒落《しゃ》れた湯どうふにも可哀《あわれ》なのがある。私の知りあいに、御旅館とは表看板、実は安下宿に居《い》るのがあるが、秋のながあめ、陽気は悪し、いやな病気が流行《はや》ると言《い》うのに、膳に小鰯の焼いたのや、生のままの豆府をつける。……そんな不料簡《ふりょうけん》なのは冷やっことは言《い》わせない、生の豆府だ。見《み》てもふるえ上《あが》るのだが、食《く》わずには居られない。ブリキの鉄瓶に入《い》れて、ゴトリゴトリと煮《に》て、いや、ゆでて、そっと醤油でなしくずしに舐めると言《い》う。――恁《こ》う成っては、湯豆府も惨憺たるものである。……

……などと言う、私だって、湯豆府を本式に味い得る意気なのではない。一体、これには、きざみ葱《ねぎ》、とうがらし、大根おろしと言《い》う、前栽のつわものの立派な加勢が要《い》るのだけれど、どれも生だから私はこまる。……その上、式《かた》の如《ごと》く、だし昆布を鍋の底へ敷《し》いたのでは、火を強くしても、何《ど》うも煮《に》えがおそい。ともすると、ちょろちょろ、ちょろちょろと草の清水が湧くようだから、豆府を下へ、あたまから昆布を被せる。即ち、ぐらぐらと煮《に》えて、蝦夷《えぞ》の雪が板昆布をかぶって踊を踊るような処《ところ》を、ひょいと挟《はさ》んで、はねを飛《と》ばして、あっっと慌《あわ》てて、ふッと吹いて、するりと頬張《ほおば》る。人が見たらおかしかろうし、お聞きになっても馬鹿々々しい。

が、身《み》がってではない。味はとにかく、ものの生ぬるいよりは此の方が増《まし》だ。

時々、婦人の雑誌の、お料理方《りょうりかた》を覗《のぞ》くと、然《しか》るべき研究もして、その道では、一端《いっぱし》、慢《まん》らしいのの投書《とうしょ》がある。たとえば、豚の肉を細くたたいて、擂鉢であたって、しゃくしで掬《しゃく》って、掌《てのひら》へのせて、だんごにまるめて、うどん粉《こ》をなすってそれから捏《こ》ねて……ああ、待《ま》って下《くだ》さい、もしもし……その手は洗ってありますか、爪はのびて居ませんか、爪のあかはありませんか、とひもじい腹でも言いたく成る、のが沢山ある。

浅草の一女《いちじょ》として、――内《うち》じゃあ、うどんの玉《たま》をかって、油揚《あぶらげ》と葱《ねぎ》を刻《きざ》んで、一所《いっしょ》にぐらぐら煮て、ふツふツとふいて食べます、あつい処《ところ》がいいのです。――何を隠そう、私は此には岡惚《おかぼれ》をした。

いや、色気どころか、ほんとうに北山だ。……湯どうふだ。が、家内の財布じりに当《あた》って見《み》て、安直《あんちょく》な鯛《たい》があれば、……魴鮄《ほうぼう》でもいい、……希《こいねがわ》くは萩乳羹《ちり》にしたい。しぐれは、いまのまに歇《や》んで、薄日《うすび》がさす……楓《かえで》の小枝《こえだ》に残《のこ》った、五葉《いつは》ばかり、もみじのぬれ色は美しい。こぼれて散るのは惜《おし》い。手を伸ばせば、狭い庭で、すぐ届く。

本箱をさがして、紫のおん姉君の、第七帖《だいしちじょう》を出すのも仰々《ぎょうぎょう》しかろう。……炬燵を辷《すべ》ってあるきそうな、膝栗毛《ひざくりげ》の続《ぞく》、木曽街道《きそかいどう》の寝覚《ねざめ》のあたりに、一寸《ちょっと》はさんで。……

鮨「鮨」

岡本かの子

東京の下町と山の手の境い目といったような、ひどく坂や崖の多い街がある。

表通りの繁華から折れ曲って来たものには、別天地の感じを与える。

つまり表通りや新道路の繁華な刺戟に疲れた人々が、時々、刺戟を外ずして気分を転換する為めに紛れ込むようなちょっとした街筋――

福ずしの店のあるところは、この町でも一ばん低まったところで、二階建の銅張りの店構えは、三四年前表だけを造作したもので、裏の方は崖に支えられている柱の足を根つぎして古い住宅のままを使っている。

古くからある普通の鮨屋だが、商売不振で、先代の持主は看板ごと家作をとも、、、よの両親に譲って、店もだんだん行き立って来た。

新らしい福ずしの主人は、もともと東京で屈指の鮨店で腕を仕込んだ職人だけに、周囲の状況を察して、鮨の品質を上げて行くに造作もなかった。前にはほとんど出まえだったが、新らしい主人になってからは、鮨盤の前や土間に腰かける客が多くなったので、始めは、主人夫婦と女の子のともよ三人きりの暮しであったが、やがて職人を入れ、子供と女中を使わないでは間に合わなくなった。

店へ来る客は十人十いろだが、全体に就ては共通するものがあった。

後からも前からもぎりぎりに生活の現実に詰め寄られている、その間をぽっと外ずして気分を転換したい。

一つ一つ我ままがきいて、ちんまりした贅沢ができて、そして、ここへ来ている間は、くだらなくばかになれる。好みの程度に自分から裸になれたり、仮装したり出来る。たとえ、そこで、どんな安ちょくなことをしても云っても、誰も軽蔑するものがない。お互いに現実から隠れんぼうをしているような者同志の一種の親しさ、そして、かばい合うような懇な眼ざしで鮨をつまむ手つきや茶を呑む様子を視合ったりする。かとおもうとまたそれは人間というより木石の如く、はたの神経とはまったく無交渉な様子で黙々といくつかの鮨をつまんで、さっさと帰って行く客もある。

鮨というものの生む甲斐々々しいまめやかな雰囲気、そこへ人がいくら耽り込んでも、擾れるようなことはない。万事が手軽くこだわりなく行き過ぎて仕舞う。

福ずしへ来る客の常連は、元狩猟銃器店の主人、デパート外客廻り係長、歯科医師、畳屋の伜、電話のブローカー、石膏模型の技術家、児童用品の売込人、兎肉販売の勧誘員、証券商会をやったことのあった隠居――このほかにこの町の近くの何処かに棲んでいるに違いない劇場関係の芸人で、劇場がひまな時は、何か内職をするらしく、脂づいたような絹ものをぞろりと着て、青白い手で鮨を器用につまんで喰べて行く男もある。

常連で、この界隈に住んでいる暇のある連中は散髪のついでに寄って行くし、遠くからこの附近へ用足しのあるものは、その用の前後に寄る。季節によって違うが、日が長くなると午後の四時頃から灯がつく頃が一ばん落合って立て込んだ。

めいめい、好み好みの場所に席を取って、鮨種子で融通して呉れるさしみや、酢のもので酒を飲むものもあるし、すぐ鮨に取りかかるものもある。

ともよの父親である鮨屋の亭主は、ときには仕事場から土間へ降りて来て、黒みがかった押鮨を盛った皿を常連のまん中のテーブルに置く。

「何だ、何だ」

好奇の顔が四方から覗き込む。

「まあ、やってご覧、あたしの寝酒の肴さ」

亭主は客に友達のような口をきく。

「こはだにしちゃ味が濃いし――」

ひとつ撮《つま》んだのがいう。

「鯵かしらん」

　すると、畳敷の方の柱の根に横坐りにして見ていた内儀さん——ともよの母親——が、は　は　はと太り肉《じし》を揺って「みんなおとッつあんに一ぱい喰った」と笑った。

　それは塩さんまを使った押鮨で、おからを使って程よく塩と脂を抜いて、押鮨にしたのであった。

「おとっさん狡いぜ、ひとりでこっそりこんな旨いものを拵えて食うなんて——」

「へえ、さんまも、こうして食うとまるで違うね」

　客たちのこんな話が一しきりがやがや渦まく。

「なにしろあたしたちは、銭のかかる贅沢はできないからね」

「おとっさん、なぜこれを、店に出さないんだ」

「冗談いっちゃ、いけない、これを出した日にゃ、他の鮨が蹴押されて売れなくなっちまわ。第一、さんまじゃ、いくらも値段がとれないからね」

「おとッつあん、なかなか商売を知っている」

　その他、鮨の材料を採ったあとの鰹の中落だの、鮑の腸だの、鯛の白子だのを巧に調理したものが、ときどき常連にだけ突出された。ともよはそれを見て「飽きあきする、あんなまずいもの」と顔を皺めた。だが、それらは常連から呉れといってもなかなか出さないで、思わぬときにひょっこり出す。亭主はこのことにかけてだけいこじでむら気なのを知っているので決してねだらない。

よほど欲しいときは、娘のともよにこっそり頼む。するとともよは面倒臭さうに探し出して与える。

ともよは幼い時から、こういう男達は見なれて、その男たちを通して世の中を頃あいでこだわらない、いささか稚気のあるものに感じて来ていた。

女学校時代に、鮨屋の娘ということが、いくらか恥じられて、家の出入の際には、できるだけ友達を近づけないことにしていた苦労のようなものがあって、孤独な感じはあったが、ある程度までの孤独感は、家の中の父母の間柄からも染みつけられていた。父と母と喧嘩をするような事はなかったが、気持ちはめいめい独立していた。ただ生きて行くことの必要上から、事務的よりも、もう少し本能に喰い込んだ協調やらいたわり方を暗黙のうちに交換して、それが反射的にまで発育しているので、世間からは無口で比較的仲のよい夫婦にも見えた。父親は、どこか下町のビルヂングに支店を出すことに熱意を持ちながら、小鳥を飼うのを道楽にしていた。母親は、物見遊山にも行かず、着ものも買わない代りに月々の店の売上げ額から、自分だけの月がけ貯金をしていた。

両親は、娘のことについてだけは一致したものがあった。とにかく教育だけはしとかなくてはということだった。まわりに浸々と押し寄せて来る、知識的な空気に対して、この点では両親は期せずして一致して社会への競争的なものは持っていた。

「自分は職人だったからせめて娘は」

と――だが、それから先をどうするかは、全く茫然としていた。

無邪気に育てられ、表面だけだが世事に通じ、軽快でそして孤独的なものを持っている。これがともよの性格だった。こういう娘を誰も目の敵にしたり邪魔にするものはない。ただ男に対してだけは、ずばずば応対して女の子らしい羞らいも、作為の態度もないので、一時女学校の教員の間で問題になったが、商売柄、自然、そういう女の子になったのだと判って、いつの間にか疑いは消えた。

ともよは学校の遠足会で多摩川べりへ行ったことがあった。春さきの小川の淀みの淵を覗いていると、いくつも鮒が泳ぎ流れて来て、新茶のような青い水の中に尾鰭を閃めかしては、杭根の苔を食《は》んで、また流れ去って行く。するともうあとの鮒が流れ溜って尾鰭を閃めかしている。流れ来り、流れ去るのだが、その交替は人間の意識の眼には留まらない程すみやかでかすかな作業のようで、いつも若干の同じ魚が、其処に遊んでいるかとも思える。ときどきは不精そうな鯰も来た。

自分の店の客の新陳代謝はともよにはこの春の川の魚のようにも感ぜられた（たとえ常連というグループはあっても、そのなかの一人々々はいつか変っている）。自分は杭根のみどりの苔のように感じた。みんな自分に軽く触れては慰められて行く。ともよは店のサーヴィスを義務とも辛抱とも感じなかった。胸も腰もつくろわない少女じみたカシミヤの制服を着て、有合せの男下駄をカランカラン引きずって、客へ茶を運ぶ。客が情事めいたことをいって揶揄うと、ともよは口をちょっと尖らし、片方の眉を一しょに釣上げて、

「困るわそんなこと、何とも返事できないわ」

という。さすがに、それには極く軽い媚びが声に捩れて消える。客は仄かな明るいものを自分の気持ちのなかに点じられて笑う。ともよは、その程度の福ずしの看板娘であった。

客のなかの湊というのは、五十過ぎぐらいの紳士で、濃い眉がしらから顔へかけて、憂愁の蔭を帯びている。時によっては、もっと老けて見え、場合によっては情熱的な壮年者にも見えるときもあった。けれども鋭い理智から来る一種の諦念といったようなものが、人柄の上に冴えて、苦味のある顔を柔和に磨いていた。

濃く縮れた髪の毛を、程よくもじょもじょに分け仏蘭西髭を生やしている。服装は赤い短靴を埃まみれにしてホームスパンを着ている時もあれば、少し古びた結城で着流しのと

きもある。独身者であることはたしかだが職業は誰にも判らず、店ではいつか先生と呼び馴れていた。鮨の喰べ方は巧者であるが、強いて通がるところも無かった。

サビタのステッキを床にとんとつき、椅子に腰かけてから体を斜に鮨の握り台の方に傾け、硝子箱の中に入っている材料を物憂そうに点検する。

「ほう。今日はだいぶ品数があるな」

　と云ってともよの運んで来た茶を受け取る。

「カンパチが脂がのっています、それに今日は蛤も――」

ともよの父親の福ずしの亭主は、いつかこの客の潔癖な性分であることを覚え、湊が来ると無意識に俎板や塗盤の上へしきりに布巾をかけながら云う。

「じゃ、それを握って貰おう」

「はい」

　亭主はしぜん、ほかの客とは違った返事をする。湊の鮨の喰べ方のコースは、いわれなくともともよの父親は判っている。鮪の中とろから始って、つめのつく煮ものの鮨になり、だんだんあっさりした青い鱗のさかなに進む。そして玉子と海苔巻に終る。それで握り手は、その日の特別の注文は、適宜にコースの中へ加えればいいのである。

　湊は、茶を飲んだり、鮨を味わったりする間、片手を頬に宛てがうか、そのまま首を下げてステッキの頭に置く両手の上へ顎を載せるかして、じっと眺める。眺めるのは開け放してある奥座敷を通して眼に入る裏の谷合の木がくれの沢地か、水を撒いてある表通りに、向うの塀から垂れ下っている椎の葉の茂みかどちらかである。

ともよは、初めは少し窮屈な客と思っていただけだったが、だんだんこの客の謎めいた眼の遣り処を見慣れると、お茶を運んで行ったときから鮨を喰い終るまで、よそばかり眺めていて、一度もその眼を自分の方に振向けないときは、物足りなく思うようになった。そうかといって、どうかして、まともにその眼を振向けられ自分の眼と永く視線を合せていると、自分を支えている力を暈されて危いような気がした。

偶然のように顔を見合して、ただ一通りの好感を寄せる程度で、微笑して呉れるときはともよは父母とは違って、自分をほぐして呉れるなにか暖味のある刺戟のような感じをこの年とった客からうけた。だからともよは湊がいつまでもよそばかり見ているときは土間の隅の湯沸しの前で、絽ざしの手をとめて、たとえば、作り咳をするとか耳に立つものの音をたてるかして、自分ながらしらずしらず湊の注意を自分に振り向ける所作をした。すると湊は、ぴくりとして、ともよの方を見て、微笑する。上歯と下歯がきっちり合い、引緊って見える口の線が、滑かになり、仏蘭西髭の片端が目についてあがる——父親は鮨を握り乍らちょっと眼を挙げる。ともよのいたずら気とばかり思い、また不愛想な顔をして仕事に向う。

湊はこの店へ来る常連とは分け隔てなく話す。競馬の話、株の話、時局の話、碁、将棋の話、盆栽の話——大体こういう場所の客の間に交される話題に洩れないものだが、湊は、八分は相手に話さして、二分だけ自分が口を開くのだけれども、その寡黙は相手を見下げているのでもなく、つまらないのを我慢しているのでもない。その証拠には、盃の一つもさされると、

「いやどうも、僕は身体を壊していて、酒はすっかりとめられているのですが、折角ですから、じゃ、まあ、頂きましょうかな」といって、細いがっしりとしている手を、何度も振って、さも敬意を表するように鮮かに盃を受取り、気持ちよく飲んでまた盃を返す。そして徳利を器用に持上げて酌をしてやる。その挙動の間に、いかにも人なつこく他人の好意に対しては、何倍にかして返さなくては気が済まない性分が現れているので、常連の間で、先生は好い人だということになっていた。

ともよは、こういう湊を見るのは、あまり好かなかった。あの人にしては軽すぎるというような態度だと思った。相手客のほんの気まぐれに振り向けられた親しみに対して、あまともに親身の情を返すのは、湊の持っているものが減ってしまうように感じた。ふだん陰気なくせに、一たん向けられると、何という浅ましくがつがつ人情に饑えている様子

を現わす年とった男だろうと思う。ともよは湊が中指に嵌めている古代埃及の甲虫のついている銀の指環さえそういうときは嫌味に見えた。

　湊の応対ぶりに有頂天になった相手客が、なお繰り返して湊に盃をさし、湊も釣り込まれて少し笑声さえたて乍らその盃の遣り取りを始め出したと見るときは、ともよはつかつかと寄って行って、

「お酒、あんまり呑んじゃ体にいけないって云ってるくせに、もう、よしなさい」

　と湊の手から盃をひったくる。そして湊の代りに相手の客にその盃をつき返して黙って行って仕舞う。それは必しも湊の体をおもう為でなく、妙な嫉妬がともよにそうさせるのであった。

「なかなか世話女房だぞ、ともちゃんは」

　相手の客がそういう位でその場はそれなりになる。湊も苦笑しながら相手の客に一体して自分の席に向き直り、重たい湯呑み茶碗に手をかける。

　ともよは湊のことが、だんだん妙な気がかりになり、却って、そしらぬ顔をして黙っているこ ともある。湊がはいって来ると、つんと済して立って行って仕舞うこともある。湊もそういう素振りをされて、却って明るく薄笑いするときもあるが、全然、ともよの姿の見えぬときは物寂しそうに、いつもより一そう、表通りや裏の谷合の景色を深々と眺める。

ある日、ともよは、籠をもって、表通りの虫屋へ河鹿を買いに行った。ともよの父親は、こういう飼いものに凝る性分で、飼い方もうまかったが、ときどきは失敗して数を減らした。が今年ももはや初夏の季節で、河鹿など涼しそうに鳴かせる時分だ。

ともよは、表通りの目的の店近く来ると、その店から湊が硝子鉢を下げて出て行く姿を見た。湊はともよに気がつかないで硝子鉢をいたわり乍ら、むこう向きにそろそろ歩いていた。

ともよは、店へ入って手ばやく店のものに自分の買うものを注文して、籠にそれを入れて貰う間、店先へ出て、湊の行く手に気をつけていた。

河鹿を籠に入れて貰うと、ともよはそれを持って、急いで湊に追いついた。

「先生ってば」

「ほう、ともちゃんか、珍らしいな、表で逢うなんて」

二人は、歩きながら、互いの買いものを見せ合った。湊は西洋の観賞魚の髑髏魚《ゴーストフィッシュ》を買っていた。それは骨が寒天のような肉に透き通って、腸が鰓の下に小さくこみ上っていた。

「先生のおうち、この近所」

「いまは、この先のアパートにいる。だが、いつ越すかわからないよ」

湊は珍しく表で逢ったからともよにお茶でも御馳走しようといって町筋をすこし物色したが、この辺には思わしい店もなかった。

「まさか、こんなものを下げて銀座へも出かけられんし」

「ううん銀座なんかへ行かなくっても、どこかその辺の空地で休んで行きましょうよ」

湊は今更のように漲り亘る新樹の季節を見廻し、ふうっと息を空に吹いて、

「それも、いいな」

表通りを曲ると間もなく崖端に病院の焼跡の空地があって、煉瓦塀の一側がローマの古跡のように見える。ともよと湊は持ちものを叢の上に置き、足を投げ出した。

ともよは、湊になにかいろいろ訊いてみたい気持ちがあったのだが、いまこうして傍に並んでみると、そんな必要もなく、ただ、霧のような匂いにつつまれて、しんしんとするだけである。湊の方が却って弾んでいて、

「今日は、ともちゃんが、すっかり大人に見えるね」

などと機嫌好さそうに云う。

ともよは何を云おうかと暫く考えていたが、大したおもいつきでも無いようなことを、とうとう云い出した。

「あなた、お鮨、本当にお好きなの」

「さあ」

「じゃ何故来て食べるの」

「好きでないことはないさ、けど、さほど喰べたくない時でも、鮨を喰べるということが僕の慰みになるんだよ」

「なぜ」

何故、湊が、さほど鮨を喰べたくない時でも鮨を喰べるというその事だけが湊の慰めとなるかを話し出した。

――旧くなって潰れるような家には妙な子供が生れるというものか、大きな家の潰れるときというものは、大人より子供にその脅えが予感されるというものか、それが激しく来ると、子は母の胎内にいるときから、そんな脅えに命を蝕まれているのかもしれないね――というような言葉を冒頭に湊は語り出した。

その子供は小さいときから甘いものを好まなかった。おやつにはせいぜい塩煎餅ぐらいを望んだ。食べるときは、上歯と下歯を叮嚀に揃え円い形の煎餅の端を規則正しく嚙み取った。ひどく湿っていない煎餅なら大概好い音がした。子供は嚙み取った煎餅の破片をじゅうぶんに咀嚼して咽喉へきれいに嚥み下してから次の端を嚙み取ることにかかる。上歯と下歯をまた叮嚀に揃え、その間へまた煎餅の次の端を挟み入れる――いざ、嚙み破るときに子供は眼を薄く瞑り耳を澄ます。

ぺちん

同じ、ぺちんという音にも、いろいろの性質《たち》があった。子供は聞き慣れてその音の種類を聞き分けた。

ある一定の調子の響きを聞き当てたとき、子供はぷるぷると胴慄いした。子供は煎餅を持った手を控えて、しばらく考え込む。うっすら眼に涙を溜めている。

家族は両親と、兄と姉と召使いだけだった。家中で、おかしな子供と云われていた。その子供の喰べものは外にまだ偏っていた。さかなが嫌いだった。あまり数の野菜は好かなかった。肉類は絶対に近づけなかった。

神経質のくせに表面は大ように見せている父親はときどき、

「ぼうずはどうして生きているのかい」

と子供の食事を覗きに来た。一つは時勢のためでもあるが、父親は臆病なくせに大ように見せたがる性分から、家の没落をじりじり眺め乍ら「なに、まだ、まだ」とまけおしみを云って潰して行った。子供の小さい膳の上には、いつものように炒り玉子と浅草海苔が、載っていた。母親は父親が覗くとその膳を袖で隠すようにして、

「あんまり、はたから騒ぎ立てないで下さい、これさえ気まり悪がって喰べなくなります

から」

その子供には、実際、食事が苦痛だった。体内へ、色、香、味のある塊団を入れると、何か身が穢れるような気がした。空気のような喰べものは無いかと思う。腹が減ると饑えは充分感じるのだが、うっかり喰べる気はしなかった。床の間の冷たく透き通った水晶の置きものに、舌を当てたり、頰をつけたりした。饑えぬいて、頭の中が澄み切ったまま、だんだん、気が遠くなって行く。それが谷地の池水を距ててA—丘の後へ入りかける夕陽を眺めているときででもあると（湊の生れた家もこの辺の地勢に似た都会の一隅にあった。）子どもはこのままのめり倒れて死んでも関《かま》わないとさえ思う。だが、この場合は窪んだ腹に緊く締めつけてある帯の間に両手を無理にさし込み、体は前のめりのまま首だけ仰のいて、

「お母さあん」

と呼ぶ。子供の呼んだのは、現在の生みの母のことではなかった。子供は現在の生みの母は家族じゅうで一番好きである。けれども子供にはまだ他に自分に「お母さん」と呼ばれる女性があって、どこかに居そうな気がした。自分がいま呼んで、もし「はい」といってその女性が眼の前に出て来たなら自分はびっくりして気絶して仕舞うに違いないとは思う。しかし呼ぶことだけは悲しい楽しさだった。

「お母さあん、お母さあん」

薄紙が風に慄えるような声が続いた。

「はあい」

と返事をして現在の生みの母親が出て来た。

「おや、この子は、こんな処で、どうしたのよ」

肩を揺って顔を覗き込む。子供は感違いした母親に対して何だか恥しく赤くなった。

「だから、三度々々ちゃんとご飯喰べてお呉れと云うに、さ、ほんとに後生だから」

母親はおろおろの声である。こういう心配の揚句、玉子と浅草海苔が、この子の一ばん性に合う喰べものだということが見出されたのだった。これなら子供には腹に重苦しいだけで、穢されざるものに感じた。

子供はまた、ときどき、切ない感情が、体のどこからか判らないで体一ぱいに詰まるのを感じる。そのときは、酸味のある柔いものなら何でも噛んだ。生梅や橘の実を捥いで来て噛んだ。さみだれの季節になると子供は都会の中の丘と谷合にそれ等の実の在所をそれらを啄みに来る鳥のようによく知っていた。

子供は、小学校はよく出来た。一度読んだり聞いたりしたものは、すぐ判って乾板のように脳の襞に焼きつけた。子供には学課の容易さがつまらなかった。つまらないという冷淡さが、却って学課の出来をよくした。

家の中でも学校でも、みんなはこの子供を別もの扱いにした。

父親と母親とが一室で言い争っていた末、母親は子供のところへ来て、しみじみとした調子でいった。

「ねえ、おまえがあんまり痩せて行くもんだから学校の先生と学務委員たちの間で、あれは家庭で衛生の注意が足りないからだという話が持上ったのだよ。それを聞いて来てお父つあんは、ああいう性分だもんだから、私に意地くね悪く当りなさるんだよ」

そこで母親は、畳の上へ手をついて、子供に向ってこっくりと、頭を下げた。

「どうか頼むから、もっと、喰べるものを喰べて、肥ってお呉れ、そうして呉れないと、あたしは、朝晩、いたたまれない気がするから」

子供は自分の畸形な性質から、いずれは犯すであろうと予感した罪悪を、犯したような気がした。わるい。母に手をつかせ、お叩頭をさせてしまったのだ。顔がかっとなって体に慄えが来た。だが不思議にも心は却って安らかだった。すでに、自分は、こんな不孝をして悪人となってしまった。こんな奴なら自分は滅びて仕舞っても自分で惜しいとも思うまい。よし、何でも喰べてみよう、喰べ馴れないものを喰べて体が慄へ、吐いたりもどしたり、その上、体じゅうが濁り腐って死んじまっても好いとしよう。生きていてしじゅう喰べものの好き嫌いをし、人をも自分をも悩ませるよりその方がましではあるまいか——

子供は、平気を装って家のものと同じ食事をした。すぐ吐いた。口中や咽喉を極力無感覚に制御したつもりだが嚥み下した喰べものが、母親以外の女の手が触れたものと思う途端に、胃嚢が不意に逆に絞り上げられた——女中の裾から出る剝げた赤いゆもじや飯炊婆さんの横顔になぞってある黒鬢つけの印象が胸の中を暴力のように掻き廻した。

兄と姉はいやな顔をした。父親は、子供を横眼でちらりと見たまま、知らん顔して晩酌の盃を傾けていた。母親は子供の吐きものを始末しながら、恨めしそうに父親の顔を見て、

「それご覧なさい。あたしのせいばかりではないでしょう。この子はこういう性分です」

と嘆息した。しかし、父親に対して母親はなお、おずおずはしていた。

その翌日であった。母親は青葉の映りの濃く射す縁側へ新しい莫蓙を敷き、俎板だの庖丁だの水桶だの蠅帳だの持ち出した。それもみな買い立ての真新しいものだった。

母親は自分と俎板を距てた向側に子供を坐らせた。子供の前には膳の上に一つの皿を置いた。

母親は、腕捲りして、薔薇いろの掌を差出して手品師のように、手の裏表を返して子供に見せた。それからその手を言葉と共に調子づけて擦りながら云った。

「よくご覧、使う道具は、みんな新しいものだよ。それから拵える人は、おまえさんの母さんだよ。手はこんなにもよくきれいに洗ってあるよ。判ったかい。判ったら、さ、そこで——」

母親は、鉢の中で炊きさました飯に酢を混ぜた。母親も子供もこんこん噎せた。それから母親はその鉢を傍に寄せて、中からいくらかの飯の分量を摑み出して、両手で小さく長方形に握った。

蠅帳の中には、すでに鮨の具《ぐ》が調理されてあった。母親は素早くその中からひときれを取出してそれからちょっと押さえて、長方形に握った飯の上へ載せた。子供の前の膳の上の皿へ置いた。玉子焼鮨だった。

「ほら、鮨だよ、おすしだよ。手々で、じかに摑んで喰べても好いのだよ」

子供は、その通りにした。はだかの肌をするする撫でられるようなころ合いの酸味に、飯と、玉子のあまみがほろほろに交ったあじわいが丁度舌一ぱいに乗った具合——それをひとつ喰べて仕舞うと体を母に捩りつけたいほど、おいしさと、親しさが、ぬくめた香湯のように子供の身うちに湧いた。

子供はおいしいと云うのが、きまり悪いので、ただ、にいっと笑って、母の顔を見上げた。

「そら、もひとつ、いいかね」

母親は、また手品師のように、手をうら返しにして見せた後、飯を握り、蠅帳から具《ぐ》の一片れを取りだして押しつけ、子供の皿に置いた。

子供は今度は握った飯の上に乗った白く長方形の切片を気味悪く覗いた。すると母親は怖くない程度の威丈高になって、

「何でもありません、白い玉子焼だと思って喰べればいいんです」

といった。

かくて、子供は、烏賊というものを生れて始めて喰べた。象牙のような滑らかさがあって、生餅より、よっぽど歯切れがよかった。子供は烏賊鮨を喰べていたその冒険のさなか、詰めていた息のようなものを、はっ、として顔の力みを解いた。うまかったことは、笑い顔でしか現わさなかった。

母親は、こんどは、飯の上に、白い透きとおる切片をつけて出した。子供は、それを取って口へ持って行くときに、脅かされるにおいに掠められたが、鼻を詰らせて、思い切って口の中へ入れた。

白く透き通る切片は、咀嚼のために、上品なうま味に衝きくずされ、程よい滋味の圧感に混って、子供の細い咽喉へ通って行った。

「今のは、たしかに、ほんとうの魚に違いない。自分は、魚が喰べられたのだ――」

そう気づくと、子供は、はじめて、生きているものを嚙み殺したような征服と新鮮を感じ、あたりを広く見廻したい歓びを感じた。むずむずする両方の脇腹を、同じような歓びで、じっとしていられない手の指で摑み搔いた。

「ひひひひひ」

無暗に疳高に子供は笑った。母親は、勝利は自分のものだと見てとると、指についた飯粒を、ひとつひとつ払い落したりしてから、わざと落ちついて蠅帳のなかを子供に見せぬよう覗いて云った。

「さあ、こんどは、何にしようかね……はてね……まだあるかしらん……」

子供は焦立って絶叫する。

「すし！　すし」

母親は、嬉しいのをぐっと堪える少し呆けたような――それは子供が、母としては一ばん好きな表情で、生涯忘れ得ない美しい顔をして、

「では、お客さまのお好みによりまして、次を差上げまあす」

最初のときのように、薔薇いろの手を子供の眼の前に近づけ、母はまたも手品師のように裏と表を返して見せてから鮨を握り出した。同じような白い身の魚の鮨が握り出された。

母親はまず最初の試みに注意深く色と生臭の無い魚肉を選んだらしい。それは鯛と比良目であった。

子供は続けて喰べた。母親が握って皿の上に置くのと、子供が摑み取る手と、競走するようになった。その熱中が、母と子を何も考えず、意識しない一つの気持ちの痺れた世界に牽き入れた。五つ六つの鮨が握られて、摑み取られて、喰べられる――その運びに面白く調子がついて来た。素人の母親の握る鮨は、いちいち大きさが違っていて、形も不細工だった。鮨は、皿の上に、ころりと倒れて、載せた具《ぐ》を傍へ落すものもあった。子供は、そういうものへ却って愛感を覚え、自分で形を調えて喰べると余計おいしい気がした。子供は、ふと、日頃、内しょで呼んでいるも一人の幻想のなかの母といま目の前に鮨を握っている母とが眼の感覚だけか頭の中でか、一致しかけ一重の姿に紛れている気がした。もっと、ぴったり、一致して欲しいが、あまり一致したら恐ろしい気もする。

自分が、いつも、誰にも内しょで呼ぶ母はやはり、この母親であったのかしら、それがこんなにも自分においしいものを食べさせて呉れるこの母であったのなら、内密に心を外の母に移していたのが悪かった気がした。

「さあ、さあ、今日は、この位にして置きましょう。よく喰べてお呉れだったね」

目の前の母親は、飯粒のついた薔薇いろの手をぱんぱんと子供の前で気もちよさそうにはたいた。

それから後も五、六度、母親の手製の鮨に子供は慣らされて行った。

ざくろの花のような色の赤貝の身だの、二本の銀色の地色に堅縞のあるさよりだのに、子供は馴染むようになった。子供はそれから、だんだん平常の飯の菜にも魚が喰べられるようになった。身体も見違えるほど健康になった。中学へはいる頃は、人が振り返るほど美しく逞しい少年になった。

すると不思議にも、今まで冷淡だった父親が、急に少年に興味を持ち出した。晩酌の膳の前に子供を坐らせて酒の対手をさしてみたり、玉突きに連れて行ったり、茶屋酒も飲ませた。

その間に家はだんだん潰れて行く。父親は美しい息子が紺飛白の着物を着て盃を銜《ふく》むのを見て陶然とする。他所の女にちやほやされるのを見て手柄を感ずる。息子は十六七になったときには、結局いい道楽者になっていた。

母親は、育てるのに手数をかけた息子だけに、狂気のようになってその子を父親が台なしにして仕舞ったと怒る。その必死な母親の怒りに対して父親は張合いもなくうすく苦く黙笑してばかりいる。家が傾く鬱積を、こういう夫婦争いで両親は晴らしているのだ、と息子はつくづく味気なく感じた。

息子には学校へ行っても、学課が見通せて判り切ってるように思えた。中学でも彼は勉強もしないでよく出来た。高等学校から大学へ苦もなく進めた。それでいて、何かしら体のうちに切ないものがあって、それを晴らす方法は急いで求めてもなかなか見付からないように感ぜられた。永い憂鬱と退屈あそびのなかから大学も出、職も得た。

家は全く潰れ、父母や兄姉も前後して死んだ。息子自身は頭が好くて、何処へ行っても相当に用いられたが、何故か、一家の職にも、栄達にも気が進まなかった。二度目の妻が死んで、五十近くなった時、一寸した投機でかなり儲け、一生独りの生活には事かかない見極めのついたのを機に職業も捨てた。それから後は、茲のアパート、あちらの貸家と、彼の一所不定の生活が始まった。

今のはなしのうちの子供、それから大きくなって息子と呼んではなしたのは私のことだと湊は長い談話のあとで、ともよに云った。

「ああ判った。それで先生は鮨がお好きなのね」

「いや、大人になってからは、そんなに好きでもなくなったのだが、近頃、年をとったせいか、しきりに母親のことを想い出すのでね。鮨までなつかしくなるんだよ」

二人の坐っている病院の焼跡のひとところに支えの朽ちた藤棚があって、おどろのように藤蔓が宙から地上に這い下り、それでも蔓の尖の方には若葉を一ぱいつけ、その間から痩せたうす紫の花房が雫のように咲き垂れている。庭石の根締めになっていたやしおの躑躅が石を運び去られたあとの穴の側に半面、黝く枯れて火のあおりのあとを残しながら、半面に白い花をつけている。

庭の端の崖下は電車線路になっていて、ときどき轟々と電車の行き過ぎる音だけが聞える。

竜の髭のなかのいちはつの花の紫が、夕風に揺れ、二人のいる近くに一本立っている太い棕梠の木の影が、草叢の上にだんだん斜にかかって来た。ともよが買って来てそこへ置いた籠の河鹿が二声、三声、啼き初めた。

二人は笑いを含んだ顔を見合せた。

「さあ、だいぶ遅くなった。ともちゃん、帰らなくては悪かろう」

ともよは河鹿の籠を捧げて立ち上った。すると、湊は自分の買った骨の透き通って見える髑髏魚をも、そのままともよに与えて立ち去った。

湊はその後、すこしも福ずしに姿を見せなくなった。

「先生は、近頃、さっぱり姿を見せないね」

常連の間に不審がるものもあったが、やがてすっかり忘られてしまった。

ともよは湊と別れるとき、湊がどこのアパートにいるか聞きもらしたのが残念だった。それで、こちらから訪ねても行けず病院の焼跡へ暫く佇んだり、あたりを見廻し乍ら石に腰かけて湊のことを考え時々は眼にうすく涙さえためてまた茫然として店へ帰って来るのであったが、やがてともよのそうした行為も止んで仕舞った。

此頃では、ともよは湊を思い出す度に、

「先生は、何処かへ越して、また何処かの鮨屋へ行ってらっしゃるのだろう——鮨屋は何処にでもあるんだもの——」

と漠然と考えるに過ぎなくなった。

茶懐石「お茶の湯満腹談」

夢野久作

久し振りに上京すると感心する事ばかりである。音のないゴーストップに面喰らい、自動車の安いのに感心し、警視庁の親切なのに恐れ入るなぞ、枚挙に暇あらず。少々痛め付けられ気味で、故郷へ帰りかけている処へ、或る人のステッキ・ボーイとなって相州小田原、板橋の益田孝男爵のお宅を訪問する事になった。

益田男爵と言えば人も知る三井の大久保彦左衛門で、兼、日本一の茶人である。名ある財界の大立物は勿論の事、相当有名な茶の湯の大家でも容易に咫尺《しせき》する事が出来ない。もし一度でも翁の家の縁側に上る事が出来たら一代の名誉になろうと言う。そこへ金と言い、お茶の湯と言い、全然嗜《たしな》みのない本来無一物が、偶然中の偶然とも言うべき機会から、何も知らずに参室したのだから、一代の光栄どころでない。タッタ一時間ばかりの間に一代の恥辱を掻き上げてしまったらしい。

全く「らしい」と思うだけである。実際は自分でもどうだったかわからないのだから、いよいよ以て冷汗三斗である。

頼うだ御方と、今一人の富豪と筆者と、三人歴行して自動車を降り、二月末の曇雲の下を藁葺のお寺じみた門に進むと、益田翁は黒い背広に宗匠頭巾庭穿靴でニコニコと出迎えた。先頭の頼うだ御方の背広に毳碌頭巾と調子を合わせたものであろう。まさかスパイ戦術を使ったものではあるまいがと感心した序に少々気味悪くもなった。

家は普通の百姓家を、モウ一つ凝って更に百姓家らしく造作したもの。縁側に木綿車と砧《きぬた》が置いて在る。庭はなくて、全部手入れの届いた野菜畑である。ホーレン草、キャベツなぞ。入口に架けた翁瓦の笑顔が主人公の益田男爵にソックリである。

土間は真中に新しい黒い藁灰を入れて巨大な堅炭が三角の井桁に重なり合ったまま起っている。煤けた天井からは勿論、真黒な自在鍵、周囲に縄や莫蓙張りの椅子なぞ。見まわせば見まわす程、どこまで凝ってあるかわからない。成る程と思わせずには置かない茶人の拷問道具ばかりらしい。

座敷に上るとやはり万事が同じ調子で出来ている。炉の縁から自在鍵。シンシンと鳴る茶釜。古い手桶の火鉢。ヒネクレた瀬戸物の灰落しまで、何が何やらわからなくて仕合わせ。一々鑑定が出来たら肝を潰すであろう。頼うだ御方はしきりに質問しては感心して御座るが、その説明を聞いても格別わからないのだから少々情ないような気にもなった。

「イヤ。この頃の西洋人の日本研究と来たらトテモ大したものでげすよ。この家へ来られる人達でも西洋人の方が畳の上へ上って坐りたがる。日本人の方が土間の椅子に足を伸ばして葉巻を吹かしたがるようなありさまで、話がアベコベでさ。ハハハハ。横浜へ行ってみると西洋人が袢を着て、片手に豆の桝を抱え込んで『フクワアウチ……オニワアソト』ってんで気でも違ったのかと思って聞いてみると、これがヤッパリその日本研究なんだそうで、イヤまったく面白い世の中になりましたよ。ワハハハ」

なぞ言う無邪気な主人翁の愛嬌話のうちにお茶席に案内をされて、名にのみ聞きし懐石なるものが出た。内心恐れをなしながらよく見ると、これも主人翁の心配りであったろうか。普通の御飯に相違ない事が筆者にもハッキリとわかったので大いに安心して大いに面喰らった。主人翁御自慢の高粱《こうりゃん》パンも非常に美味しく頂戴した。それに続いて五分搗《つき》米飯。わけぎ味噌汁。もやし和《あえ》もの。白魚白味トジ清汁。亜米利加鱒乾物酢。いずれも誠に少量なのでタッタ一口で片付いたものもある。そのうちにスッカリ満腹して涙ぐんでいる処へ、前記の後半部の献立がアトからアトから出て来るので大いに面喰らった。懐石というものは、こんなに早くお茶を飲んでしまっちゃいけなかったのかとも思い、又は懐石というものは一品も喰い残しちゃいけないものと聞いていたようにも思えて内心すくなからず迷ったが、ともかくも今一度箸を執って無理やりに嚥下してしまった。

それから頼うだお方の手土産を披瀝されたが、そのうちにどこかの干柿があった。それ

を見た主人翁は、

「御迷惑か知らぬが、この柿を見ちゃ一服頂戴せずにはおれぬ」

と言うので、手をたたくと次の間から盛装した振袖の美人が現われて、吾々三人に向って両手を支いて淑やかに一礼した。干柿なんて全く余計なものを持って来たものだと、内心怨めしく思っているうちにモウ釜の前で勿体らしいお手前が始まった。頼うだ人が、

「薄茶を……」

と所望したのでその薄茶なるものが一人一人に運ばれたが、主人翁を入れてほかの三人は二杯ずつ飲んだけれども、筆者は頭を左右に振って御免蒙った。柿なんぞ田舎で喰いつけているので珍しくも何ともなかった。後から聞いてみたら、愛想にも一片抓まないと主人と頼うだ御方に恥を掻かせる意味になるものだという。そんな事とは夢にもこっちは知らないのだから仕方がない。早く聞いておれば何の干柿の五つや十ぐらいと思ったがモウ追付かない。


主人翁に見送られて門を出て自動車に乗ると、さすがに主人翁の言い知れぬ平民的好意ぶりに感謝する気になった。ほかの華族や富豪を訪問する時のような物々しい圧迫感を毛頭受けなかった処に感心して、何となくお茶の湯を習う必要を感じている処へ、頼うだお方が筆者を振り返って言った。

「お前が心得がなさそうなので、薄茶を所望したのだ。濃茶となると一つのお茶碗を三人で飲みまわすのだから、末席に坐っているお前がすっかり後始末の作法をしなければならぬ事になるのだ」

筆者はスゴスゴと頭を下げた。

「どうも……済みません」

鰻「食」

斎藤茂吉

食物について、自分は取りたてて云うほどのことはない。

食通、即ち食物の通人が書いた書物などを見ると、実に微に入り細に亙り、非常に愉快を感ずるけれども、自分はそういう場合に逢著すればそれで感謝するし、逢著せなくてもそれで我慢の出来ぬということはない。

茶にも呼ばれ、懐石もいただいたけれども、到頭茶の方式もおぼえずにしまった。先師は茶博士であったから、いつも茶はいただいたが、その方式は教わらずにしまった。又自分等に教えようともしなかった。

酒は、素質からいえば決して嫌いではないから、大学を出て助手になりたてあたりは可なり飲んだが、殆ど「機会飲」という奴で、晩酌なども先ずしたことがない。併しこれは境遇がそうさせたので、自分は病院の官費患者と一しょの米を食べていた程の生活だったからである。故人になった古泉千樫は貧しかったが、いつも一等米を食べて居るといって威張っていた。味噌も千樫の方が上等で、時には三州味噌などを食べて居た。

結城哀草果は香物を食べない。この香物を食べない人にはたまたま遇うが、西洋人は概して日本の香物を食べない。沢庵などは先ず食べられないと謂っていいだろう。自分は少年のころからそういう傾向がなかった。

伯林にはじめて著いたとき、先著の友人が自分をケンペンスキイという食店に連れて行った。そうして家鴨の丸焼などを食べさせた。このケンペンスキイには、以前は留学生の分際では、なかなか行かれなかったもので、誕生日とか、論文の出来あがった時とか、天長節の日とか、せいぜいそういう日に行くと限られていたということであった。自分ははじめて伯林に著き、そういう御馳走を食べ非常に旨いとおもった。

それから墺太利の維也納に移動したが、維也納に来れば、又維也納料理に満足して、もうケンペンスキイをおもい出すこともなかった。のみならず或期間、労働者の行く食店で食事したこともあった。スープなどは塩湯を飲むようなもの、肉も獣皮のように堅いもの、そう形容してよい食べ物であった。大戦後の維也納で、労働者の食う物というのは先ずそんなものであった。これは自分の居る宿の近くにある食店（日本なら縄暖簾）で、市の場末にあった。自分は夕食を其処で済ませ、中央街に出て行って同僚と共に上等の料理を食うこともせず、おどり場などには一切足を踏入れなかった。

自分が毎日通う神経学研究所の近くに、古本屋が一軒ある。小さい本屋であるがいろいろ好い本を持って居る。自分が昼飯を研究所の近くで済ませ、研究所に行く迄の時間をその本屋で過ごしていたが、店員と段々親しくなってみると、その本屋は数個の倉庫を持っていて、其処に案内して呉れる。しまいには自分がひとりで其処に出入することが出来るまでになった。倉庫にはあらゆる部門の書物が一ぱいつまって居る。神経精神学の部門だけでも実に豊富である。自分は欲しくて欲しくて堪らない。併し買える資力に程度があるから、せめて雑誌だけでも初号から揃えようと考えた。それから、学の発達史に関係ありそうな、精神病学を集めようと考えた。

そう考えて計算してみて、衣食のことも極度に倹約すれば、何とかなるだろうと思ったので実行に移ったのであった。自分は約束して書物を宿に運ばせ、月末にその一部分ずつの代価を支払うことにし、夜寝るまえなどに、その書物を眺めることは無上に楽しい。自分は昼飯後その本屋に独りで行く。そうして書物を見るので、同僚の留学生等と一しょにならない。また、前言したように、夜分は無論彼等に逢わない。

「斎藤は近ごろ少し変だぜ、いよいよノイッって来たかね」

「いや確かにノイッて居る。そういえば眼のいろなんかも違って来たようだぜ」

「おい、内藤、斎藤に女でも世話してやらんか」

「それが一番だ、ウイナア、モエデルをな」

こんな会話が、同じ研究所に居る留学生仲間のあいだに取交わされたのは、そのころであった。「ノイル」というのは、ノイラステニイ（神経衰弱症）という独逸語の名詞を日本の動詞にした変な言葉なのである。

自分が、新しく買込んだ書物を朝夕眺めて悦に入っているとき、「金の心臓」を持った維也納娘を、自分のためにさがして呉れようとする日本の同胞が居たのであった。

併し、自分が書物を買う愉悦は、そういう同僚に露骨に伝えることも出来ぬので、塩湯のようなスープを啜ったことも何も彼も話さずにしまった。

自分は維也納に一年半いたが、末期には是非買いたい書物も少くなったし、一つの論文も完成したので、強いて労働者の食うような食店に出入することが無くなった。

いずれの国の留学生もそうであろうが、維也納の日本留学生も、日本飯を焚いて食べたものである。然るに自分は一度も自分の宿で日本飯を焚いて食べたことがなかった。自分は維也納に居るうち二三度友人から日本飯にお呼ばれしたが、その時は食い過ぎて却って胃の具合が悪いくらいであった。自分ばかり呼ばれて友人を呼ばないのは体裁も悪かったけれども、宿のものが日本飯の料理に馴れなかったし、自分も不得手のためでもあった。併し民顕に行ってからは、屢日本飯を炊いた。これは日本嫗といわれたヒルレンブラントの媼が日本飯を炊くのに馴れて居ったためであった。要するに自分の食事は、都合次第、行きあたりばったりというので、日本飯も是非食わねば我慢が出来ぬなどというわけ合のものではなかった。

鰻は古くから珍重せられた。自分がはじめて上京した明治二十九年頃も、蕎麦のもりかけ一銭六厘時代に鰻どんぶりは五十銭もした。それだから客人も半分食べて半分残すというのは常識とされていた。下町の都雅な客人が皆そうしたところを見ると、やはり常識といっていいようである。その残りを少年であった自分などは御馳走になった。

その鰻も、養殖が発達し、莫大量の養殖鰻が東京にも入りこむので、鰻どんぶりの代価も、明治二十九年頃に比較してそんなに高くなっていない。そういう有難い世代に自分も生活したので、自分は三十銭のどんぶりを食べによく道玄坂の食店に行った。それから、高級な鰻店にも行く、京橋日本橋神田下谷深川浅草新宿麻布芝あたりの上品の鰻というものは、これはまたこたえられぬ程旨い。併し、自分の鰻は、そういう上品でなければならぬということはない。浅草公園の安どんぶりでもよければ、箱根強羅公園のどんぶりでも別に差支はなかった。

そのうち、道玄坂の三十銭が五十銭になり八十銭になり一円になり、はじめは行列の中に入って堪忍して居ったが、戦争になってからは、休業休業がつづいて、ついに無くなってしまった。戦争が酣なころ、某将軍が上品の鰻どんぶりで午食をすますという新聞記事を読んだことがあったが、自分の如き分際ではそういう「豪華版」はただ夢の国の行為に過ぎなかった。

そのうち自分は表向き鰻の無くなった東京を逃げ出した。そして間もなく終戦になった。程経て、東京に鰻が出はじめたという通信に接した。大石田の人が東京に行ってのかえりに、須田町で鰻一串の相場が三十円であったということを知らせて呉れた。

そのうち秋になり冬になった。東京で鰻の価が幾らか安くなったという知らせがあった。ついで十二月の十日になり、小暮政次君の来書に接した。小暮君は杜甫の詩一つを報じた。

秋日夔府詠懐

色好くして梨頬に勝る、穰多《じょうた》にして栗拳《けん》を過《す》ぐ、厨《ちゅう》に勅《ちょく》する唯《ただ》一味、飽《ほう》を求むる或は三鱣《さんてん》、こういうのであるが、これは鈴木豹軒博士の口訳が添えてあった。「梨の実は紅くて少女の頬にもまさり、栗は豊富にとれて大きさは拳以上である。時として満腹しようとするときは、うなぎを三本ほど用うることもあるが、通常は台所へおかずは一品といいつけてある」というのである。

小暮君なお云う。只今の五百円封鎖生活者には、新宿三越で売って居る、五本十円という産地直売のサンマが精々のところだろうから、飽を求むるために一串三十円の鰻までには手が伸びない。そこで杜詩を読んで我慢していてもらいたい。杜子美先生の鰻は闇市から買わせたのではあるまいが、それでもたまさかに食う程度であった。こう云うのである。杜詩を読んで、鰻に飽いたつもりになれというのはちとひどいが、何しろ近来での好便であった。

饗応と大志「尾花川」

山本周五郎

一

「そういう高価なものは困りますよ、そちらの鮒《ふな》を貰っておきましょう」

書庫へ本を取りにいった戻りにふとそういう妻の声をきいて、太宰《だざい》は廊下の端にたちどまった。相手はいつも舟で小魚を売りに来る弥五《やご》という老漁夫らしい、「そんなことを仰《おっ》しゃらないで買って下さいまし、こちらの旦那さまにあがって頂こうと思って、ほかの家の前を素通りして持って来たんですから」。諄々《くどくど》とそういうのが聞えた。

「とにかく鮒なら貰います、よかったらいつもほど置いていらっしゃい」

「さようでございますか、あてにして来たんですがな、少しでも買って頂きたいんですが、値段だってこちらさまで高いと仰しゃるほどじゃあございませんでしょう」

老人はなおぶつぶつ云っていたが、間もなく、魚籠《びく》を担いで厨口《くりやぐち》の方から出て来た。そこから庭つづきに湖へ栈橋が架け出してある。その脇の枯蘆《かれあし》の汀《みぎわ》にもやっている老人の小舟がみえた。

「おい弥五」。太宰は廊下から呼びかけた、「今日はなにを持って来たのだ」

「ああ旦那さま」。老人はびっくりして頬冠りをとった、「……なに珍らしくひがいが獲《と》れたものですからね、御好物だと聞いたもんで持ってあがったんですが」。

「それは久しぶりだな、どのくらいある」

「ほんの四五十もございますかね」

「みんな貰っておこう」。妻のほうへ聞えるようにかれはそう云った、「……それから弥五、おまえ正月の鴨《かも》を持って来なかったようだがどうしたのだ」。

「へえ、それはその、なんです」

老人は困ったような顔つきで、もじもじと厨口のほうを見やった。太宰はやっぱりそうかという気持で思わず声が高くなった。

「約束したら持って来なければだめではないか、もう手にはいるあてはないのか」

「あての無いこともございませんが、なにしろもう数が少のうございますでね」

「四五日うちに客があるからなんとか心配して呉《く》れ、骨折り賃はだすから、いいか」

そう云って太宰は自分の居間へ戻った。

この屋敷には珍らしく客の無い日だった。一人だけ鹿島《かしま》金之助という宇都宮藩《うつのみやはん》の青年がいるけれど、これは四十日ほどまえからの滞在でかくべつ接待の必要もない、こういうときこそゆっくり本も読もうと思い、久方ぶりに書庫から二三持ちだして来たのだが、さて机に向かってみると気持のおちつきが悪かった。……厨でことわったひがいをわざと呼び止めて買った自分の態度も、むろん不愉快であるが、このひと月あまりのうちにどことなく変ってきた妻の挙措《きょそ》が、あれこれと新らしく思い返されて心が重くなるのだった。

かれの本姓は戸田氏である、近江《おうみ》のくに膳所《ぜぜ》藩の老臣戸田五左衛門の五男に生れ、三十歳のとき園城寺《おんじょうじ》家の有司《ゆうし》池田都維那の家に養嗣子《しし》としてはいった。妻の幸子はそのとき三十二歳だった、かの女も彦根藩の医師飯島三太夫《さんだゆう》のむすめで、幼少のとき池田家の養女となり太宰を婿に迎えたのである。……幸子は肥《ふと》りじしのゆったりとしたからだつきで、口数の少ない、はきはきとしたなかに温かい包容力をもった婦人だった。年齢からいっても気性からいっても、老臣の五男に育った太宰には初めから姉という感じで、幸子がどうつとめても、否つとめればつとめるほど、かれは言葉ではあらわしようのない一種の圧迫を受けるばかりだった。池田都維那は間もなく園城寺家を致仕し、大津尾花川の琵琶湖《びわこ》に面した土地に屋敷を建て、多くの田地山林を買って隠棲《いんせい》したが、いくばくもなく世を去ったので、その遺産はすべて太宰の継ぐところとなった。かれは養父の死後ほどなく姓を河瀬と更《か》え、聖護院宮《しょうごいんのみや》に仕えてその有司となったけれど、世上のありさまはその頃からにわかに変貌しはじめ、頻々《ひんぴん》たる異国船の渡来とともに、国の隅々からわきたつ「尊王攘《そんのうじょう》夷《い》」の声は、かれをも宮家の一有司たる位置から奮起させずにはおかなくなっていた。

太宰が国事に奔走するようになると、尾花川の家にもしたがって客の往来が繁くなった。そこは市街から離れているし、琵琶湖の水を前に如意《にょい》ケ岳《たけ》を背にした閑寂なところで、「采釣亭《さいちょうてい》」となづける屋敷構えも広かったから、同志の会合にもうってつけだし、幕吏の追捕をのがれる者にはいい隠れ場所だった。……幸子は良人《おっと》のこころざしをよく理解した、家政をあずかっているかの女は、良人が同志へ貢ぐかなり多額な金もこころよく出したし、客があればいつでもできるだけ篤《あつ》くもてなした。肥えた膚の白い、ゆったりとしたからだつきと、いかにも温かそうな微笑を湛えた面ざしと、口数の少ない、けれど心のこもった接待、と……幸子のすべてが、尾花川の家をおとずれる人々の心をとらえた。「ここへ来るとわが家へ帰ったようだ」。客たちはよくそう云った、「まったく百日の労苦が一夜で癒《いや》される」。

二

こうして往来する志士たちから敬愛と感謝の的になっていた幸子が、この頃どことなくようすが変ってきたのである、客があって酒宴になっても以前のように下物《かぶつ》の品数がそろわない、豊かな琵琶湖の鮮をひかえているのに、焼き鮒とか干魚とか漬菜などという質素なものが多くなった。酒も少しまわったかと思うと黙って食事にしてしまう、「まだ飯には早い」と云えば、「あいにくもう御酒がきれまして」と答えはきまっていた。……この数年は出費の嵩《かさ》む生活がつづいた、けれども亡父の遺して呉れた資産に比べればたかの知れたものだし、尊王倒幕の事のためには、その最後の一銭まで抛《なげう》つ覚悟ができていた、むろん妻もそれは承知の筈だったのに、どうしてにわかにそう変ったのか。客の接待だけではない、家常茶飯《かじょうさはん》すべてのことが眼立ってつましくなった、まえから幸子は召使たちといっしょに食事をする習わしだったが、近頃の菜はおもに焼き味噌と香の物だという、……つましいというよりも寧《むし》ろ吝嗇《りんしょく》にちかい変り方である、太宰にはそういう妻の気持がまったくわからなくなっていた。

机に向かって書物を披《ひら》いたまま惘然《もうぜん》ともの思いに耽《ふけ》っていた太宰は、「お客来でございます」という妻の声でわれに返った、「泉さまがお二人ほど御同伴でおみえになりました」かれは「よし」と頷《うなず》いたがすぐに妻を呼びとめ、「先刻のひがいで酒の支度をしてまいれ」。そう云って立ちあがった。

客は泉仙介《いずみせんすけ》という越後《えちご》のくに村松藩の志士で、かれとは最も親しく往来しているひとりだった。

「久濶《きゅうかつ》のみやげに同志をひきあわせよう」。仙介は日焦《ひや》けのした顔をふり向け、太宰が坐るのを待ちかねたように云った、「こちらは讃岐《さぬき》の井上文郁、それに長谷川秀之進だ」「長谷川というと」。会釈が済んでから太宰はそう訊《たず》ねた、「長谷川宗右衛門どのとなにかご血縁にでもお当りですか」「宗右衛門の伜《せがれ》です」。秀之進となのる青年はふと眼を伏せるようにした、「……うちあけていうと庶子なのですが」。

宗右衛門長谷川秀驥《ひでき》は高松藩でも指おりの勤皇家である、その秀驥の子と聞いて太宰はひじょうに興を唆《そそ》られた。泉仙介はすぐ要談をはじめた、それは若狭《わかさ》の梅田源次郎らを中心に同志を糾合し、彦根城を奪取して倒幕の義兵をあげようというのである。高松藩でも長谷川秀驥が周旋しているし、できるなら水戸の藤田東湖《とうこ》を通じて斉昭侯《なりあきこう》まで動かす計画だという、……尊王攘夷の論がようやく攘夷倒幕という直論に向かってきた現在、誰かがなにごとかを事実において示さなければ道は打開しない、それは太宰にもよくわかった。けれどもいきなり彦根城奪取ということには賛同できなかった、それでながいことかなり烈しい議論が応酬されたが、やがて灯がはいり、酒肴《しゅこう》がはこばれたので、主客はひとまず論諍《ろんそう》をうち切ってくつろいだ。

「このまえ来たときにいたあの宇都宮の若者はどうしたかね」。盃《さかずき》を手にしたとき泉仙介がふと思いだしたように云った、「……脱藩の罪で追われているとかいった、鹿島なにがしとかいう名だったと思うが」。

「まだいるよ」。太宰もそう云われて思いだした、「話にまぎれて忘れていた、呼んで諸君にもおひきあわせしよう」。

すぐに離れのほうにいる鹿島金之助を呼びよせた。井上と長谷川は初対面なので互いに名乗りあい、賑《にぎ》やかに盃がまわりだした。……そうして半刻《はんとき》も経ったであろうか、長谷川秀之進がちょっと改まった調子で鹿島金之助に呼びかけた。

「あんたは宇都宮だそうだが、岡田真吾《しんご》をご存じですか」「ええ知っています」。金之助は眩《まぶ》しそうな眼をした、「……よく、議論をしました、あんな酒好きな男もないです、わたしも呑みますけれども、あの男は」。

「いや酒なんかどっちでもいい」。秀之進はきゅっと眉を寄せた、「それでは松本錤太郎《きたろう》はどうです、やっぱり知己ですか」。

「知己というほどではありませんが」

なんのためにそんなことを諄《くど》く訊《き》くのかわからなかった。太宰はそれよりもさっきから酒がきれているので、またいつものように黙って食事にするつもりかと思い、もしそうなら今夜こそ云わなければならぬと少し苛々《いらいら》していた。するとふいに秀之進が「ご主人」と改まった調子で呼びかけた。

「この男はいけません」。秀之進は指で金之助をさし示しながら云った、「こいつは偽《にせ》志士です、追っぱらっておしまいなさい」。

「偽志士……」。太宰にはちょっとその意味がわからなかった、「それは、しかし……」。

「つまり尊攘派の志士という触れこみで食って歩くやつです、宇都宮藩士だとか、脱藩して追われているとかいうのはみんな嘘っぱちのでたらめです」

三

「こいつには去年いちど高松で会っているんです」。秀之進はつづけて云った、「そのときは仙台藩士だといっていましたが、ちょうど白石《しろいし》の者がいあわせたものでばけの皮が剝《は》げました、この頃こういうやつが諸方へあらわれるからご注意を要しますよ」。

「それは本当か」。太宰よりさきに泉仙介がにじり出た、「おい、きさまそれは事実か……」。

鹿島金之助は蒼白《あおじろ》くなった面を伏せ、ぶるぶると戦《おのの》く手で袴《はかま》を摑《つか》んだまま黙っていた、それは紛れもなく罪を告白する姿だった。

「事実だな」というと仙介は大剣へ手を伸ばした、「よし外へ出ろ、そんな者は生かしては置けぬ、斬ってやる、出ろ」。

そうだ斬ってしまえと井上も叫んで立った、襖《ふすま》の向うで聞いていたのであろう、そのとき幸子が「お待ち下さいませ」といいながら足早にはいって来た。

「ようすはあらまし伺いました、女の身でさしでがましゅうはございますが、ご成敗……というのは少しいかがと存じます。恐れいりますがわたくしに任せては頂けませんでしょうか、当家にも至らぬところがあったのでございますから……」

そう云って間へ割ってはいると、すばやく金之助を立たせ、巧みにその座敷から伴《つ》れだしていった。こちらも本気で斬るつもりはなかったのだろう、「こんど会ったら首を貰うぞ」とどなりつけたが、それ以上は追いかけてゆくようすもなかった。

青年を別間へつれていった幸子は、そこで食事を出してやったが、かれは箸《はし》をとらないで、「申しかねますがこれで結飯《むすび》を作って頂けませんか」と云った、「結飯はべつに作ってあげますからこれはこれで召しあがれ」。幸子はそう云って、自分で厨へゆき、握り飯を作って包んだ。どのような想いに責められているのだろう、かれは震える手で箸をとったが、ほんの口を付けたというだけでやめた。幸子は黙って見ていた、かれは幸子に見られることが堪えられぬようすで、結飯の包みを受取るとすぐ、「支度して来ますから」と離れのほうへ立っていった。

幸子はあと片付けを命じておいて自分の部屋へはいり、手文庫から幾許《いくばく》かの金をとりだして紙に包んだ。元の室へいったが青年は戻っていないので、玄関へ出てみた、それから急ぎ足に離れへいった。灯の消えた暗い部屋の中には、一枚だけ開いている障子の隙間からひっそりと月がさしこんでいた。かの女は走るように戻って来ると、召使の者に客間へ食事を運ぶように云いおいて、自分はそのまま外へ出ていった。

結飯の支度をたのんだからには大津へ出るのではない、坂本から叡山《えいざん》へでもゆくつもりに違いない、幸子はそう信じてあとを追った。はたしてそうだった、もう霜がおりたとみえ、月光をそのままむすんだように、白く凍《い》てている道を小走りにゆくと、尾花川の細い流れを渡ったところで追いついた。「お待ちなさい」。幸子がそう呼びかけると青年はちょっと逃げだしそうにした、けれどすぐに立ちどまった。

「わたくしのこころざしです」。幸子は持って来た金包みをかれの手に与えた、「今はなにも申上げません。もういちどお会いしましょう、……ようございますか、もういちど此処《ここ》へ訊ねていらっしゃるんですよ、誰にも恥じぬ人になって、……お約束しますよ」。

金包みを握ったままうなだれている青年は、いきなりよろめくように道の上へ坐った、そして腕で顔を掩《おお》って泣きだした。幸子は手を伸ばしかけて止めた、……ほど近い尾花川の瀬音が、氷《こお》るようにさむざむと夜気をふるわせている、くいしばった歯の間から、切々ともれる青年の慟哭《どうこく》のこえが、その瀬音に和していたましく耳にしみついた。

「云ってあげたいこともありますし、うかがいたいこともあります」。幸子はやがてしずかにそう云った、「けれどそれはこんどお眼にかかるときにしましょう。あなたはきっと御国のために役だつりっぱな武士におなりなさる、わたしはそう信じていますよ、……今夜の、その涙をお忘れにならないで、ようございますね」。

それだけ云うと、噎《むせ》びあげている青年をあとに幸子はそっと踵《くびす》を返した。

家へ帰って門をはいると、前庭のところに誰か立っていた。暗いのでぎょっとしたが、すぐに良人だということがわかった。

「どこへいった」。太宰は低いこえで訊いた、「鹿島を追っていったのか」。

「はい、……」

「金を持たせてやったのだな」

幸子はもういちどはいと云って俯向《うつむ》いた、太宰は「あとで話がある」。そう云い残して、さっさと家の中へはいっていった。

その夜かなり更けて、客たちが寝所へはいってから幸子は良人に呼ばれた。小さな火桶《ひおけ》を間にして、さし向いに坐ると、太宰はながいこと黙っていたが、やや暫くして「金はどれほどやったのか」と口を切った。

四

「勝手ではございますが十金さしあげました」「……おれにはわからない」。太宰は酔の残っている顔をきゅっと歪《ゆが》めた、「どういうわけか、このところ来客に出す酒肴もみすぼらしいほど粗末になった、家内の食事は焼き味噌に菜漬だということも耳にする、……それほど倹《つま》しくするおまえが、あのような騙《かた》り者に十金という分に過ぎた金を呉れてやる、いったいこれはどういう意味なんだ」。

「さしでた事を致しましてまことに申しわけがございません」。幸子はつつましく頭を垂れた、「今後はよく気をつけますゆえ、どうぞこのたびはおゆるし下さいまし」。

「あやまれというのではない、どういう意味かを訊いているんだ」。太宰は苛だたしさを抑えつけるような調子で問い詰めた、「近頃の吝嗇とも思える仕方と今宵の十金とはどういう区別から出たのか、おれはそれが知りたいんだ」。

「……あの若者を」と幸子は面を伏せたままようやく答えた、「あのまま放してやってはいけないと存じました、これまでは世を偽っていたかも知れませんけれど、偽るにしても攘夷倒幕を口にするほどですから、導きように依っては必ず同志のひとりになると存じます、……御国のためにはいまひとりでも多く、身命を惜しまぬもののふが必要なときでございます」。

凍てた道の上に坐って、面を掩って泣いていた青年の姿がまざまざと眼にうかぶ、あの涙だけは偽りではない、幸子にはそれが痛いほどもよくわかっていた。

「そのおなじ気持を」と太宰はさらに追求した、「……おなじ気持をこの家へ来る客たちに向けることはできないか、みんな家郷を棄《す》て親兄弟を棄てて国事に身を捧《ささ》げる人々だ、名も求めず栄達も望まず、王政復古の大業のために骨身を削る人々だ。できない事なら仕方がないが、幸いこの家にはそこばくの資産がある、たち寄る人々に、せめて心を慰めるだけの接待をするのは寧ろわれわれのつとめではないか、……ここへ来ると百日の労苦を忘れる、あの人々がそう云うのを聞いた筈だ、鹿島に恵むその気持があるなら、どうしてこれまでどおりの接待ができないのか」。

「わたくし、……できるだけ致しているつもりでございますけれど、ふつつか者でございますから……」

「言葉をくるんではいけない」。太宰はするどく遮《さえぎ》った、「……もうおまえもつづやはたちの若さではないんだ、云うべきことははっきり云うがいい、それに依ってはおれにも少し考えがある、今夜こそ本心を聞くぞ」。

「そんなに仰せられましては、わたくしなんとお返辞を申上げてよいやらわかりませぬ、けれど、……」。幸子はふかく頭を垂れ、ながいこと悲しげに自分の膝《ひざ》をみつめていた、しかし「おれにも考えがある」という良人の言葉はぬきさしならぬ意味をもっている。幸子はそのひと言で追い詰められるように思い、やがてしずかに語を継いだ、「……けれど達《たっ》てのお言葉ゆえ申上げます。去年の極月《ごくげつ》はじめでございましたか、長州藩の広岡さまが二日ほどご滞在あそばしました」。

「広岡断《せつ》は泊った、それで……」

「わたくしおそばでご接待を致しましたが、お話が禁中《きんちゅう》御式微《ごしきび》のことに触れました」

幸子はそこで両手を畳へおろし、太宰は正坐して衿《えり》をただした。

「かずかずおそれおおい事のなかに、……さる年のはじめ、御祝賀の賜宴《しえん》に臨御あらせられた主上《しゅじょう》には、御吸物の中より御箸をもって焼き豆腐をおとりはさみあそばされ、ことしの鶴はこれぞ、さよう仰せ下されましたと……」。ぐっと喉《のど》へつきあげてくるものがあって幸子はしばらく言葉がつづかなかった、「……毎年、御佳例《ごかれい》の鶴の御吸物が、大膳職《だいぜんしき》においてどのようにも御調進奉ることがかなわず、申すもおそれおおき限りながら、焼き豆腐をもって鶴にかえ奉ったとのことでございました。また、……さきごろ所司代酒井若《わか》狭守《さのかみ》（忠義《ただよし》）どのが参内いたし、おすべりとやら申上げまする、主上御箸つきの御膳部を賜わり、異例の光栄に恐懼《きょうく》して頂戴仕りましたところ、鯛の焼物が腐っていて口にいれることができず、いかにやと心易き殿上人に訊ねましたら、……儀式として鯛はきまったものながら大膳職の御経費に乏しきため鮮鯛《まなだい》を奉ることかなわず、主上にも御箸はつけたまわぬとのこと……」。

幸子は両手をついたまま嗚咽《おえつ》をのんだ、太宰の膝に置いた手もぶるぶると顫《ふる》えた。雁《かり》がわたるのであろう、更けた夜空を高く啼《な》き過ぎる声が聞えた。

「一天万乗《いってんばんじょう》の君にして、かくばかり御艱難《ごかんなん》をしのばせたもう……広岡さまのお話を伺いながら、わたくしは身を寸断されるようにおぼえました。国事に身を捧げる志士の方々、日夜の御辛労はどれほどか、この家へおたち寄り下さるときくらいは、身にかなうだけおもてなしをして、せめて一夜なりとも心からご慰労申したい、そう考えて至らぬながら酒肴の吟味もしてまいりました、……けれども広岡さまのお語を伺いましたとき、『できるからする』という気持がゆるしがたい僭上《せんじょう》だということに気づきました。禁中におかせられてさえかくばかりの御艱難をしのばせられるおりから、下賤《げせん》のわれらが酒肴の吟味などとは……口にするだに恥じなければならぬことでございました。まして今は非常のときでございます、ひともわれも、できるだけ費《つい》えをきりつめ、あらゆるものを捧げて王政復古の大業のお役にたてなければなりません。おこがましい申しようではございましょうけれど、わたくしそう存じまして……」

広岡晰の話は太宰もまざまざと記憶にある、そのとき身内に燃えあがった忿怒《ふんぬ》の情も忘れない、だが今おなじことを妻の口から聞き、かれは骨を嚙《か》み砕かれるような悔恨にうたれた。

五

――禁中御式微のことを申上げながら、おのれらは酒をくらい美食を貪《むさぼ》っていた。その事実にはいかなる抗弁もゆるされない、志士であることは特権ではないのだ、寧ろどんな人間よりも謙虚に、起居をつつしみ、困苦欠乏とたたかって、大業完遂の捨石にならなければならぬ筈だ。太宰は低く呻《うめ》いた、……そして暫くは面があげられなかった。

「幸子、おれは明日ここを立つ」なにか心に期したというように、やがて太宰は妻をかえりみながら云った、「こうして湖畔に安閑としているときではなかった、明朝……泉たちといっしょに京へのぼる、これ以上はなにも云えない。さっきからの言葉は忘れて呉れ」。

「わたくしこそ、おこがましいことを申し過しました、どうぞお聞きのがし下さいませ」

女の幸子でさえ、広岡の話を聞けばすぐ事実にうつして身をつつしむ、悲憤慷慨《ひふんこうがい》に時を費やしているときではない、……そう云っては違うかも知れない、今かれを奮起させたのはもっと本質的な情熱であろう、しかし人間が大きく飛躍する機会はいつも生活の身近なことのなかにある、高遠な理想にとりつくよりも実際にはひと皿の焼き味噌のなかに真実を噛み当てるものだ。

「……弥五が鴨を持って来るかも知れない」。太宰はしずかに微笑しながら、「済まないがいいように云って断わって呉れ」。

「いいえ」。幸子も頰で笑った、「せっかくお申付けになったものですし、明朝お立ちあそばせば暫くはお帰りにもなれませんでしょう、久しぶりに手料理を致しますから……」。

「しかし明日の朝では間にあうまい」

「もう夕刻に持ってまいりました」

それは弥五め手まわしがいいなと、太宰は呆《あき》れたように笑ったが、ふとかたちを改めて、

「いやいかん」と首を振った。

「鴨はよそう、……」

雀焼「チャンス」

太宰 治

人生はチャンスだ。結婚もチャンスだ。恋愛もチャンスだ。としたり顔して教える苦労人が多いけれども、私は、そうでないと思う。私は別段、れいの唯物論的弁証法に媚びるわけではないが、少くとも恋愛は、チャンスでないと思う。私はそれを、意志だと思う。しからば、恋愛とは何か。私は言う。それは非常に恥ずかしいものである。親子の間の愛情とか何とか、そんなものとはまるで違うものである。いま私の机の傍の辞苑をひらいて見たら、「恋愛」を次の如く定義していた。

「性的衝動に基づく男女間の愛情。すなわち、愛する異性と一体になろうとする特殊な性的愛」

しかし、この定義はあいまいである。「愛する異性」とは、どんなものか。「愛する」という感情は、異性間に於いて、「恋愛」以前にまた別個に存在しているものなのであろうか。異性間に於いて恋愛でもなく「愛する」というのは、どんな感情だろう。すき。いとし。ほれる。おもう。したう。こがれる。まよう。へんになる。之等は皆、恋愛の感情ではないか。これらの感情と全く違って、異性間に於いて「愛する」というまた特別の感情があるのであろうか。よくキザな女が「恋愛抜きの愛情で行きましょうよ。あなたは、あたしのお兄さまになってね」などと言う事があるけれど、あれがつまり、それであろうか。しかし、私の経験に依れば、女があんな事を言う時には、たいてい男がふられているのだと解して間違い無いようである。「愛する」もクソもありやしない。お兄さまだなんてばからしい。誰がお前のお兄さまなんかになってやるものか。話がちがうよ。

キリストの愛、などと言い出すのは大袈裟だが、あのひとの教える「隣人愛」ならばわかるのだが、恋愛でなく「異性を愛する」というのは、私にはどうも偽善のような気がしてならない。

つぎにまた、あいまいな点は、「一体になろうとする特殊な性的愛」のその「性的愛」という言葉である。

性が主なのか、愛が主なのか、卵が親か、鶏が親か、いつまでも循環するあいまい極まる概念である。性的愛、なんて言葉はこれは日本語ではないのではなかろうか。何か上品めかして言いつくろっている感じがする。

いったい日本に於いて、この「愛」という字をやたらに何にでもくっつけて、そうしてそれをどこやら文化的な高尚なものみたいな概念にでっち上げる傾きがあるようで（そもそも私は「文化」という言葉がきらいである。文のお化けという意味であろうか。昔の日本の本には、文華または文花と書いてある）、恋と言ってもよさそうなのに、恋愛、という新語を発明し、恋愛至上主義なんてのを大学の講壇で叫んで、時の文化的なる若い男女の共鳴を得たりしたようであったが、恋愛至上というから何となく高尚みたいに聞えるので、これを在来の日本語で、色慾至上主義と言ったら、どうであろうか。交合至上主義と言っても、意味は同じである。そんなに何も私を、にらむ事は無いじゃないか。恋愛女史よ。

つまり私は恋愛の「愛」の字、「性的愛」の「愛」の字が、気がかりでならぬのである。「愛」の美名に依って、卑猥感を隠蔽せんとたくらんでいるのではなかろうかとさえ思われるのである。

「愛」は困難な事業である。それは、「神」にのみ特有の感情かも知れない。人間が人間を「愛する」というのは、なみなみならぬ事である。容易なわざではないのである。神の子は弟子たちに「七度の七十倍ゆるせ」と教えた。しかし、私たちには、七度でさえ、どうであろうか。「愛する」という言葉を、気軽に使うのは、イヤミでしかない。キザである。

「きれいなお月さまだわねえ」なんて言って手を握り合い、夜の公園などを散歩している若い男女は、何もあれは「愛し」合っているのではない。胸中にあるものは、ただ「一体になろうとする特殊な性的煩悶」だけである。

それで、私がもし辞苑の編纂者だったならば、次のように定義するであろう。

「恋愛。好色の念を文化的に新しく言いつくろいしもの。すなわち、性慾衝動に基づく男女間の激情。具体的には、一個または数個の異性と一体になろうとあがく特殊な性的煩悶。色慾の Warming-up とでも称すべきか」

ここに一個または数個と記したのは、同時に二人あるいは三人の異性を恋い慕い得るという剛の者の存在をも私は聞き及んでいるからである。俗に、三角だの四角だのいう馬鹿らしい形容の恋の状態をも考慮にいれて、そのように記したのである。江戸の小咄にある、あの、「誰でもよい」と乳母に打ち明ける恋いわずらいの令嬢も、この数個のほうの部類にいれて差し支えなかろう。

太宰もイヤにげびて来たな、と高尚な読者は怒ったかも知れないが、私だってこんな事を平気で書いているのではない。甚だ不愉快な気持で、それでも我慢してこうして書いているのである。

だから私は、はじめから言ってある。

恋愛とは何か。

曰く、「それは非常に恥ずかしいものである」と。

その実態が、かくの如きものである以上、とてもそれは恥ずかしくて、口に出しては言えない言葉であるべき筈なのに、「恋愛」と臆するところ無くはっきりと発音して、きょとんとしている文化女史がその辺にもいたようであった。ましてや「恋愛至上主義」など、まあなんという破天荒、なんというグロテスク。「恋愛は神聖なり」なんて飛んでも無い事を言い出して居直ろうとして、まあ、なんという図々しさ。「神聖」だなんて、もったいない。口が腐りますよ。まあ、どこを押せばそんな音《ね》が出るのでしょう。色気違いじゃないかしら。とても、とても、あんな事が、神聖なものですか。

さて、それでは、その恋愛、すなわち色慾の Warming-up は、単にチャンスに依ってのみ開始せられるものであろうか。チャンスという異国語はこの場合、日本に於いて俗に言われる「ひょんな事」「ふとした事」「妙な縁」「きっかけ」「もののはずみ」などという意味に解してもよろしいかと思われるが、私の今日までの三十余年間の好色生活を回顧しても、そのような事から所謂「恋愛」が開始せられた事は一度も無かった。「もののはずみ」で、つい、女性の繊手を握ってしまった事も無かったし、いわんや、「ふとした事」から異性と一体になろうとあがく特殊なる性的煩悶、などという壮烈な経験は、私には未だかつて無いのである。

私は決して嘘をついているのではない。まあ、おしまいまで読み給え。

「もののはずみ」とか「ひょんな事」とかいうのは、非常にいやらしいものである。それは皆、拙劣きわまる演技でしかない。稲妻。あー　こわー　なんて男にしがみつく、そのわざとらしさ、いやらしさ。よせやい、と言いたい。こわかったら、ひとりで俯伏したらいいじゃないか。しがみつかれた男もまた、へたくそな手つきで相手の肩を必要以上に強く抱いてしまって、こわいことない、だいじょうぶ、など外人の日本語みたいなものを呟く。舌がもつれ、声がかすれているという情無い有様である。演技拙劣もきわまれりと言うべきである。「甘美なる恋愛」の序曲と称する「もののはずみ」とかいうものの実況は、たいていかくの如く、わざとらしく、いやらしく、あさましく、みっともないものである。

　だいたいひとを馬鹿にしている。そんな下手くそな見えすいた演技を行っていながら、何かそれが天から与えられた妙な縁の如く、互いに首肯し合おうというのだから、厚かましいにも程があるというものだ。自分たちの助平の責任を、何もご存じない天の神さまに転嫁しようとたくらむのだから、神さまだって啞然とせざるを得まい。まことにふとい了見である。いくら神さまが寛大だからといって、これだけは御許容なさるまい。

　寝てもさめても、れいの「性的煩悶」ばかりしている故に、そんな「もののはずみ」だの「きっかけ」だのでわけもなく「恋愛関係」に突入する事が出来るのかも知れないが、しかし心がそのところに無い時には、「きっかけ」も「妙な縁」もあったものでない。

いつか電車で、急停車のために私は隣りに立っている若い女性のほうによろめいた事があった。するとその女性は、けがらわしいとでもいうようなひどい嫌悪と侮蔑の眼つきで、いつまでも私を睨んでいた。たまりかねて私は、その女性の方に向き直り、まじめに、低い声で言ってやった。

「僕が何かあなたに猥褻な事でもしたのですか？　自惚れてはいけません。誰があなたみたいな女に、わざとしなだれかかるものですか。あなたご自身、性慾が強いから、そんなへんな気のまわし方をするのだと思います」

その女性は、私の話がはじまるやいなや、ぐいとそっぽを向いてしまって、全然聞えない振りをした。馬鹿野郎！　と叫んで、ぴしゃんと頬を一つぶん殴ってやりたい気がした。かくの如く、心に色慾の無い時には、「きっかけ」も「もののはずみ」も甚だ白々しい結果に終るものなのである。よく列車などで、向い合せに坐った女性と「ひょんな事」から恋愛関係におちいったなど、ばからしい話を聞くが、「ひょんな事」も「ふとした事」もありやしない。はじめから、そのつもりで両方が虎視眈々、何か「きっかけ」を作ろうとしてあがきもがいた揚句の果の、ぎごちないぶざまな小細工に違いないのだ。心がそのところにあらざれば、脚がさわったって頬がふれたって、それが「恋愛」の「きっかけ」などになる筈は無いのだ。かつて私は新宿から甲府まで四時間汽車に乗り、甲府で下車しようとして立ち上り、私と向い合せに凄い美人が坐っていたのにはじめて気がつき、驚いた事がある。心に色慾の無い時は、凄いほどの美人と膝頭を接し合って四時間も坐っていながら、それに気がつかない事もあるのだ。いや、本当にこれは、事実談なのである。図に乗ってまくし立てるようだが、登楼して、おいらんと二人でぐっすり眠って、そうして朝まで、「ひょんな事」も「妙な縁」も何も無く、もちろんそれゆえ「恋愛」も何も起らず「おや、お帰り?」「そう。ありがとう」と一夜の宿のお礼を言ってそのまま引き上げた経験さえ私にはあった。

こんな事を言っていると、いかにも私は我慢してキザに木石を装っている男か、或いは、イムポテンツか、或いは、実は意馬心猿なりと雖も如何せんもてず、振られどおしの男のように思うひともあるかも知れぬが、私は決してイムポテンツでもないし、また、そんな、振られどおしの哀れな男でも無いつもりでいる。要するに私の恋の成立不成立は、チャンスに依らず、徹頭徹尾、私自身の意志に依るのである。私には、一つのチャンスさえ無かったのに、十年間の恋をし続け得た経験もあるし、また、所謂絶好のチャンスが一夜のうちに三つも四つも重なっても、何の恋愛も起らなかった事もある。恋愛チャンス説は、私に於いては、全く取るにも足らぬあさはかな愚説のようにしか思われない。それを立派に証明せんとする目的を以て、私は次に私の学生時代の或るささやかな出来事を記して置こうと思う。恋はチャンスに依らぬものだ。一夜に三つも四つも「妙な縁」やら「ふとした事」やら「思わぬきっかけ」やらが重なって起っても、一向に恋愛が成立しなかった好例として、次のような私の体験を告白しようと思うのである。

あれは私が弘前の高等学校にはいって、その翌年の二月のはじめ頃だったのではなかったかしら、とにかく冬の、しかも大寒《だいかん》の頃の筈である。どうしても大寒の頃でなければならぬわけがあるのだが、しかし、そのわけは、あとで言う事にして、何の宴会であったか、四五十人の宴会が弘前の或る料亭でひらかれ、私が文字どおりその末席に寒さにふるえながら坐っていた事から、この話をはじめたほうがよさそうである。

あれは何の宴会であったろう。何か文芸に関係のある宴会だったような気もする。弘前の新聞記者たち、それから町の演劇研究会みたいなもののメンバー、それから高等学校の先生、生徒など、いろいろな人たちで、かなり多人数の宴会であった。高等学校の生徒でそこに出席していたのは、ほとんど上級生ばかりで、一年生は、私ひとりであったような気がする。とにかく、私は末席であった。絣の着物に袴をはいて、小さくなって坐っていた。芸者が私の前に来て坐って、

「お酒は？　飲めないの？」

「だめなんだ」

当時、私はまだ日本酒が飲めなかった。あのにおいが厭でたまらなかった。ビールも飲めなかった。にがくて、とても、いけなかった。ポートワインとか、白酒とか、甘味のある酒でなければ飲めなかった。

「あなたは、義太夫をおすきなの？」

「どうして？」

「去年の暮に、あなたは小土佐を聞きにいらしてたわね」

「そう」

「あの時、あたしはあなたの傍にいたのよ。あなたは稽古本なんか出して、何だか印をつけたりして、きざだったわね。お稽古も、やってるの？」

「やってる」

「感心ね。お師匠さんは誰？」

「咲栄太夫さん」

「そう。いいお師匠さんについたわね。あのかたは、この弘前では一ばん上手よ。それにおとなしくて、いいひとだわ」

「そう。いいひとだ」

「あんなひと、すき？」

「師匠だもの」

「師匠だからどうなの？」

「そんな、すきだのきらいだのって、あのひとに失敬だ。あのひとは本当にまじめなひとなんだ。すきだのきらいだの。そんな、馬鹿な」

「おや、そうですか。いやに固苦しいのね。あなたはこれまで芸者遊びをした事なんかあるの？」

「これからやろうと思っている」

「そんなら、あたしを呼んでね。あたしの名はね、おしのというのよ。忘れないようにね」

昔のくだらない花柳小説なんていうものに、よくこんな場面があって、そうして、それが「妙な縁」という事になり、それから恋愛がはじまるという陳腐な趣向が少くなかったようであるが、しかし、私のこの体験談に於いては、何の恋愛もはじまらなかった。したがってこれはちっとも私のおのろけというわけのものではないから、読者も警戒御無用にしていただきたい。

宴会が終って私は料亭から出た。粉雪が降っている。ひどく寒い。

「待ってよ」

芸者は酔っている。お高祖頭巾をかぶっている。私は立ちどまって待った。

そうして私は、或る小さな料亭に案内せられた。女は、そこの抱え芸者とでもいうようなものであったらしい。奥の部屋に通されて、私は炬燵にあたった。

女はお酒や料理を自分で部屋に運んで来て、それからその家の朋輩らしい芸者を二人呼んだ。みな紋附を着ていた。なぜ紋附を着ていたのか私にはわからなかったが、とにかく、その酔っているお篠《しの》という芸者も、その朋輩の芸者も、みな紋の附いた裾の長い着物を着ていた。

お篠は、二人の朋輩を前にして、宣言した。

「あたしは、こんどは、このひとを好きになる事にしましたから、そのつもりでいて下さい」

二人の朋輩は、イヤな顔をした。そうして、二人で顔を見合せ、何か眼で語り、それから二人のうちの若いほうの芸者が膝を少しすすめて、

「ねえさん、それは本気?」と怒っているような口調で問うた。

「ああ、本気だとも、本気だとも」

「だめですよ。間違っています」と若い子は眉をひそめてまじめに言い、それから私にはよくわからない「花柳隠語」とでもいうような妙な言葉をつかって、三人の紋附の芸者が

大いに言い争いをはじめた。

しかし、私の思いは、ただ一点に向って凝結されていたのである。炬燵の上にはお料理のお膳が載せられてある。そのお膳の一隅に、雀焼きの皿がある。私はその雀焼きが食いたくてならぬのだ。頃しも季節は大寒《だいかん》である。大寒の雀の肉には、こってりと油が乗っていて最もおいしいのである。寒雀《かんすずめ》と言って、この大寒の雀は、津軽の童児の人気者で、罠《わな》やら何やらさまざまの仕掛けをしてこの人気者をひっとらえては、塩焼きにして骨ごとたべるのである。ラムネの玉くらいの小さい頭も全部ばりばり噛みくだいてたべるのである。頭の中の味噌はまた素敵においしいという事になっていた。甚だ野蛮な事には違いないが、その独特の味覚の魅力に打ち勝つ事が出来ず、私なども子供の頃には、やはりこの寒雀を追いまわしたものだ。

お篠さんが紋附の長い裾をひきずって、そのお料理のお膳を捧げて部屋へはいって来て（すらりとしたからだつきで、細面《ほそおもて》の古風な美人型のひとであった。としは、二十二、三くらいであったろうか。あとで聞いた事だが、その弘前の或る有力者のお妾で、まあ、当時は一流のねえさんであったようである）、そうして、私のあたっている炬燵の上に置いた瞬間、既に私はそのお膳の一隅に雀焼きを発見し、や、寒雀！　と内心ひそかに狂喜したのである。たべたかった。しかし、私はかなりの見栄坊であった。紋附を着た美しい芸者三人に取りまかれて、ばりばりと寒雀を骨ごと嚙みくだいて見せる勇気は無かった。ああ、あの頭の中の味噌はどんなにかおいしいだろう。思えば、寒雀もずいぶんしばらく食べなかったな、と悶えても、猛然とそれを頰張る蛮勇は無いのである。私は仕方なく銀杏の実を爪楊枝でつついて食べたりしていた。しかし、どうしても、あきらめ切れない。

一方、女どもの言い争いは、いつまでもごたごた続いている。

私は立ち上って、帰ると言った。

お篠は、送ると言った。私たちは、どやどやと玄関に出た。あ、ちょっと、と言って、私は飛鳥の如く奥の部屋に引返し、ぎょろりと凄くあたりを見廻し、矢庭にお膳の寒雀二羽を摑んでふところにねじ込み、それからゆっくり玄関へ出て行って、

「わすれもの」と嗄れた声で嘘を言った。

お篠はお高祖頭巾をかぶって、おとなしく私の後について来た。私は早く下宿へ行って、ゆっくり二羽の寒雀を食べたいとそればかり思っていた。二人は雪路を歩きながら、格別なんの会話も無い。

下宿の門はしまっていた。

「ああ、いけない。しめだしを食っちゃった」

その家の御主人は厳格なひとで、私の帰宅のおそすぎる時には、こらしめの意味で門を

しめてしまうのである。

「いいわよ」とお篠は落ちついて、「知ってる旅館がありますから」。

引返して、そのお篠の知っている旅館に案内してもらった。かなり上等の宿屋である。

お篠は戸を叩いて番頭を起し、私の事をたのんだ。

「さようなら。どうも、ありがとう」と私は言った。

「さようなら」とお篠も言った。

これでよし、あとはひとりで雀焼きという事になる。私は部屋に通され、番頭の敷いてくれた蒲団にさっさともぐり込んで、さて、これからゆっくり寒雀をと思ったとたんに玄関で、

「番頭さん！」と呼ぶお篠の声。私は、ぎょっとして耳をすました。

「あのね、下駄の鼻緒を切らしちゃったの。お願いだから、すげてね。あたしその間、お客さんの部屋で待ってるわ」

これはいけない、と私は枕元の雀焼きを掛蒲団の下にかくした。

お篠は部屋へはいって来て、私の枕元にきちんと坐り、何だか、いろいろ話しかける。

私は眠そうな声で、いい加減の返辞をしている。掛蒲団の下には雀焼きがある。とうとうお篠とは、これほどたくさんのチャンスがあったのに、恋愛のレの字も起らなかった。お

篠はいつまでも私の枕元に坐っていて、そうしてこう言った。

「あたしを、いやなの」

私はそれに対してこう答えた。

「いやじゃないけど、ねむくって」

「そう。それじゃまたね」

「ああ、おやすみ」と私のほうから言った。

「おやすみなさい」

とお篠も言って、やっと立ち上った。

そうして、それだけであった。その後、私は芸者遊びなど大いにするようになったが、なぜだか弘前で遊ぶのは気がひけて、おもに青森の芸者と遊んだ。問題の雀焼きは、お篠の退去後に食べたか、または興覚めて棄てちゃったか、思い出せない。さすがに、食べるのがいやになって、棄てちゃったような気もする。

これが即ち、恋はチャンスに依らぬものだ、一夜のうちに「妙な縁」やら「ふとした事」やら「もののはずみ」やらが三つも四つも重なって起っても、或る強固な意志のために、一向に恋愛が成立しないという事の例証である。ただもう「ふとした事」で恋愛が成立するものとしたら、それは実に卑猥な世相になってしまうであろう。恋愛は意志に依るべきである。恋愛チャンス説は、淫乱に近い。それではもう一つの、何のチャンスも無かったのに、十年間の恋をし続け得た経験とはどんなものであるかと読者にたずねられたならば、私は次のように答えるであろう。それは、片恋というものであって、そうして、片恋というものこそ常に恋の最高の姿である。

庭訓。恋愛に限らず、人生すべてチャンスに乗ずるのは、げびた事である。

解説

長山靖生

日本の国土は狭いようで案外広く、各地にそれぞれ山海の特産物があり、多様な食文化が育まれてきた。さらに外来文化を大らかな態度で受け入れてきたので和洋中をはじめとして多くのメニューが社会に定着し、そこから派生したオリジナル・メニューも豊富だ。好奇心旺盛な文豪たちは、旅先で珍しいものを味わい、新たな食文化を率先して試す一方で、自身の嗜好にこだわりを見せ、それらを作品の中でも披露した。

文明開化を象徴する食べ物といえば洋食だが、その先駆けとなったのは、日本人にもなじめるように工夫された牛鍋だった。ビフテキなどの西洋料理は、開国と同時に日本に来た西洋人によって食されていたが、一般庶民には縁が薄かった。それでも居留地が開かれると食用牛が輸入され、横浜に食肉処理場が設けられて日本人にも牛肉が販売されるようになった。

江戸時代にも肉料理がまったくなかったわけではない。鶏肉は食べられていたし、鯨肉などは滋養ある食べ物として薬用名目で珍重されていた。鹿肉や猪肉も同様で、後者は山鯨とも呼ばれた。また彦根藩など一部の地域では江戸時代にも牛肉が食されていた。とはいえ殺生を忌む奈良朝以来の宗教観の影響で、大っぴらには控えられていた。

江戸では文久二（一八六二）年、入舟町の伊勢熊が牛鍋を供した頃から、牛肉が庶民の口にも入るようになる。しかし新奇さで客を集めたものの、牛肉の臭みを嫌う日本人も多かった。当初の牛鍋は牛肉を四角に厚く切り、臭みを消すために味噌で味付けしたものだった。その後、牛鍋の割り下が店ごとに工夫され、葱や玉葱、豆腐などを合わせるようになり、肉も薄切りができるようになって、次第に今日のすき焼きに転じたともいわれるが、すき焼きの起源については異説もある。

福沢諭吉は「人身の栄養一方に偏り自から病弱の者多ければ、今より大いに牧牛羊の法を開き、其肉を用い其乳を飲み滋養の欠を補うべき」（「肉食之説」、明治三）と説き、服部誠一も『東京新繁盛記』（明治七〜九）で牛肉を「開化の薬舗にして文明の良剤」とした。仮名垣魯文が『牛店雑談　安愚楽鍋』に「牛鍋食わぬは開化不進奴（ひらけぬやつ）」と記したのは明治四年のことだ。

森鷗外（一八六二〜一九二二）の「牛鍋」（「心の花」明治四三年一月号）は、日本に牛鍋が生まれてかなり経ってからの作で、名称は牛鍋だが初期の角切り肉「開化鍋」ではなく薄切りの「すき焼き」だと思われる。大鍋を囲んで他者との間合いをはかりながら肉を獲る行為は、たしかに弱肉強食の生存競争そのものだ。そういえば初期の牛鍋は、一人用の小鍋をお膳のように設えたタイプが多かったように思う。

鷗外は甘いものが好物だったが、そんな鷗外が好んだ一風変わった食べ方で「饅頭茶漬け」が知られている。餡入りの饅頭に熱い茶やお湯を注ぎ、味を調えて食すのである。お茶と饅頭は、確かに合うだろうが、何も直接かけなくても……という気がする。鷗外はドイツに留学して細菌学や衛生学を収めたこともあって、衛生方面への意識が強く、食べ物も煮るなり焼くなり火を通したものを好んだので、饅頭茶漬けも熱湯消毒の意識だったのかもしれない。焼茄子や焼き芋も好きで、特に後者は「火炎消毒してあって滋養に富む」と称した。また娘の否奴によると、鷗外は唯一つ「卵をどろどろに煮る料理」（スクランブルエッグ？）が得意で、子供のお弁当にもよく作ったが、お酒を入れすぎて時に酒臭い時もあったという。これもアルコール消毒の意識だったのかもしれない。

とはいえ潔癖症というほどではなく、刺身も食べたし、家では母が好んだ白瓜の漬物や簡素な惣菜料理を食べていた。職業柄、外では洋食や中華などが供される宴席などが多かったので、バランスを取っていた節もある。家では老母に合わせて粗食でも平気だったが、来客時にはレクラム文庫にあるドイツ料理の本を読んでは家人を指揮して西洋料理を作らせてもてなした。いわゆる観潮楼のレクラム料理だ。

よく家族を名店に連れて行ったりもした。長男の於菟は少年時代、西洋料理では上野の「精養軒」や九段下の「富士見軒」、鰻の「神田川」、天ぷらは銀座「天金」、そして中華の「偕楽園」に連れて行ってもらったという。ちなみに偕楽園は将官らの祝宴もよく催された場所だが、オーナーの息子が谷崎潤一郎の級友だったこともあって、無名時代の谷崎を援助したことでも知られる。また母や祖母は「亀清」「八百膳」「伊予紋」などに連れて行った。もしかしたら鷗外は、祖母たちの舌に、美味しい和食の見本を覚えて欲しかったのかもしれない。

鷗外は食事に関しても首尾一貫した規律を求めた。洋食や懐石のコースには秩序を、粗食は粗食なりの簡素な美を、という具合に。そのため山縣有朋の邸宅に出入りするようになって、フランス料理のフルコースを御馳走になる時、山縣が最後に茶漬けを食う癖に付き合わされるのを陰でこぼしている。その一方で、正月に乃木希典大将宅で振る舞われる麦飯は好ましく感じていた。あるいはこれは、食事だけでなく両者の在り方に対する鷗外の気持ちを反映していたのかもしれない。

国木田独歩（一八七一〜一九〇八）の「牛肉と馬鈴薯」（「小天地」第二巻第三号、明治三四年一一月）は、西洋料理を近代社会になぞらえ、ビフテキを理想に、馬鈴薯を現実に譬えるという明治の〝肉小説〟の中でも異色の作品になっている。食は肉体を育てるだけでなく、気力精神の育成にも大きく影響する。食文化の変化は思想行動の変化を促してこそ本当だろう。

ところで現実の国木田家の食生活はつましく、南瓜や茄子がある季節には毎日のように食べていた。また頰刺（目刺）もよく主菜となった。それでも男たちは肉が好きで、妻はしばしば夕方になると十銭持って肉を買いに行った。独歩は牛肉のなかでも特に柔らかいヒレ肉が大好物で、家では肉と葱を合わせて煮るのが常だった。一方、弟の収二は砂糖や馬鈴薯を入れて食べていたという。

夏目漱石（一八六七～一九一六）の作品にもよく食べ物が出て来るが、本書では『吾輩は猫である』（「ホトトギス」明治三八年一月号～三九年八月号）から迷亭が蕎麦を食べるくだりを抜粋した。そばをすする動作が目に浮かぶように描写された、名人の落語のような面白味がある場面だ。

漱石は健啖家で、胃弱になったのは食べ過ぎが祟ったからだと本人は思っていたほどだった。しかし特に美食家というわけではなく、好奇心旺盛に何でも食べるというわけでもなかったようで『吾輩は猫である』には「始めて海鼠を食い出せる人間はその胆力において敬すべく、始めて海鼠を食えるものは親鸞の再来にして河豚を喫せるものは日蓮の分身なり。苦沙弥の如きに至ってはただ干瓢の酢味噌を知るのみ」という話も出て来る。この点、海鼠も河豚も大好きな正岡子規とは違っていた。ただし子規も海鼠の見た目には怪異の念を感じたようで「天地を我か産み顔の海鼠かな」のような句も残している。

甘いもの好きで、『吾輩は猫である』で苦沙弥先生がジャムを舐めたり藤村の羊羹を食べたり、『坊ちゃん』で団子をお代わりする場面に、その一端が覗いている。実際、ジャムの舐めすぎは医者に窘められた。目の前に食べ物が置いてあると、つい手を出してしまう質で、執筆中もふとした折に菓子を捜しはじめる。胃腸の具合が悪い時には、医者から間食を禁止されていた。しかし夏目家は子供が多かったので、家に菓子を置かないというわけにはいかず、家中の菓子類を鏡子夫人が隠していたのだが、どこに隠しても漱石は必ず捜し出し、盗み食いしていたという。

味の濃厚な洋食や中華料理を好んだが、特に「何屋の何」といったようなこだわりはなく、街の洋食屋などを好み、時々近所の店から出前を取るのを楽しみにしていた。健康に配慮した病人食は嫌いだったらしい。また江戸っ子である漱石は、初物には関心があり、季節の食べ物を喜んだ。春のタケノコ、初夏のそら豆や枝豆、殊に秋の松茸は大好物だった。

胃病で入院した際、熱した蒟蒻を腹に置いて温める〝蒟蒻療法〟を受けたが、途中でお腹が空いてしまい、腹のうえの蒟蒻を千切って食べて看護婦から呆れられたこともあった。

『明暗』連載中に招かれた結婚披露宴で、つい食べ過ぎたのが原因で床に伏したが、見舞いに貰った生菓子を「治ったら食べる」と取っておかせたものの、結局食べられないままに亡くなった。

「小さい花」(「新潮」昭和八年九月号)はうどん屋に奉公する少女の物語。林芙美子(一九〇三〜一九五一)の父は生活力に乏しく、養父や母も貧しかったために、彼女は幼少期から行商をする両親と共に木賃宿を転々とするような生活をおくった。芙美子自身、本好きの少女だったものの、下足番や女工、女給などをしながら自活し、やがて恋愛や文学に積極的に立ち向かうようになる。『放浪記』で成功して以降は流行作家となって経済的に潤ったものの、着物や食事の趣味などに突飛なところもあり、一部の文人からは「ルンペン作家」と蔭口されたりもした。

しかし彼女の味覚は、実用本位のB級グルメとして好感が持てる。たとえば「春夏秋冬、炊き立てのキリキリ飯はうまいものです」(「朝御飯」)という一方、「味噌汁は煙草のみのひとにはいいが、私のうちでは、一カ月のうち、まず十日位しかつくらない。あとはたいてい、野菜とパンと紅茶。味噌汁や御飯を食べるのはどうしても冬の方が多い」「つくだ煮の類も、パンのつけ合わせもなかなかおつ」とする。バターを塗ったトーストに海苔を乗せて食べるのも好きだったといい、多忙な生活のためか手軽な工夫料理をよくしたようで、戦後の食糧難時代にあっても、不満を抱きつつも代用食材探しを楽しみ、たくましく生きた。

芙美子には長編小説『めし』（昭和二六）もあるが、連載途中に彼女が急死したため未完に終わった。それでも同年、成瀬巳喜男監督で映画化された。主演は原節子だった。

正岡子規（一八六七〜一九〇二）の「御所柿を食いし事」は「くだもの」（「ホトトギス」四巻六、七号、明治三四年三、四月）から採った。子規は明治二八年に最初の大喀血をし、後年は脊椎カリエスも発症して病床に伏したが、元々は大食漢だった。子供の頃は南瓜や西瓜が大好きで、学生時代には菓子や焼き芋をたくさん買ってきては、寄宿舎で食べていた。もちろん煎餅や蕎麦や饂飩もよく食べた。牛肉鶏卵鶏肉も毎日食べたいほど好きだったし、ある時は饂飩を八杯食べて店主に呆れられ、「正岡升鍋焼屋の訓戒を受く」（「筆まかせ」）というありさまだった。鰻、泥鰌鍋、刺身、牡蠣、魚全般も好きだし、漬物だけでも大飯を食った。そして枇杷、杏、橙、桃、葡萄、柿、梨、林檎、珍しかったパイナップルの缶詰、アイスクリームなども好んだ。饅頭、団子、羊羹から菓子パン、飲み物では牛乳、ココア、紅茶、烏龍茶も味わった。

子規の食欲は病んでも衰えず、辛い痛みに耐える生活の中で、庭の草木の変化を眺めるのと季節の恵みを食べるのを楽しみにしていた。そんななか、田舎暮らしの長塚節が送る食材はひときわ嬉しかったらしい。「下総のたかし来たれりこれの子は蜂屋大柿吾にくれし子」「下ふさのたかしはよき子これの子は虫喰栗を吾にくれし子」「春ごとにたらの木の芽をおくりくる結城のたかし吾は忘れず」などの歌を詠んでいる。ちなみに節は結城に近い茨城県岡田郡田生村の豪農の家に生まれた。「茨城は狭野にはあれど国見嶺に登りて見れば稲田広国」（長塚節）。

歌人であり俳句の改革者だった子規にとって、食は季節と共にあった。『墨汁一滴』には〈鮓の俳句を作る人には訳も知らずに「鮓桶」「鮓圧す」などいふ人多し。昔の鮓は鮎鮓などなりしならん。それは鮎を飯の中に入れ酢をかけたるを桶の中に入れて重しを置く。（中略）東海道を行く人は山北にて鮎の鮓売るをしりたらん、これらこそ夏の季に属すべき者なれ。今の普通の握り鮓ちらし鮓などはまことに雑なるべし〉とある。果物はまさに季節を表し、歌句と心身と世間とを結ぶ潤いだったろう。

子規は果物のなかでも柿を特に好んだ。「柿食えば鐘が鳴るなり法隆寺」はあまりにも有名だが、ほかにも「柿くふや道灌山の婆が茶屋」「柿喰ふて洪水の詩を草しけり」といった句もあれば、「柿の実のあまきもありぬ柿の実のしぶきもありぬしぶきぞうまき」「おろかちふ庵のあるじのあれにたびし柿のうまさの忘られなくに」などの歌もある。

「柿食えば」の句は、「くだもの」にある東大寺での出来事に基づいていると唱える人もいる。確かにどちらも明治二八年の旅の産物だったが、この句には「法隆寺の茶店に憩ひて」の詞書があり、「焼栗のはねて驚くひとりかな」の句も並んでいる。ちなみに東大寺関連の句では「月上る大仏殿の足場かな」がある。

幸田露伴（一八六七～一九四七）は娘の幸田文に行儀作法家事全般を仕込んだことでも知られ、自身の生活もきちんとしていそうなものだが、酒好きで糖尿病を患っている、という一面もあった。甘いものも好きだったようだ。病気をして難しい本を読むことが禁じられていた時期には江戸の料理本などを読んで過ごし、『古今料理書解題』をまとめてもいる。「菊―食物としての」（「鉄塔」昭和七年一一月号）も短文ながら露伴らしい教養と嗜好が表れた作品だ。余談ながら片山廣子に「みちのくの海辺の家にみだれ咲く黄菊しら菊食すためにありとも」という短歌があり、斎藤茂吉には「はやくより雨戸をしめしこのゆふべひでし黄菊を食へば楽しも」がある。

永井荷風（一八七九～一九五九）の「風邪ごゝち」（「中央公論」明治四五年四月号）は粋の極みだ。二人の男女の関係もそうだし、料理の選び方もいい。男が風邪気味だからといって御粥では所帯じみて潤いに欠けるし、あまり滋養があるものもどうかと思う。薬膳も小賢しい。女の選択も男の態度もさっぱりしていて実にしっくり添っている。

粋は言葉にするものではない。さり気なく当たり前の顔でピタリとはまるものを出し、受け取る側も心根を察しながら素っ気なく受け取る。だから本来こうした解説などは野暮の極みなのだ。

何事にも見識のある荷風は食事にも好みが厳しかったが、味を話題にすることはあまりなかった。「洋食論」では店の実名を挙げて「銀座辺にて食事すべき洋食店此の風月堂の外なし」と書き、某店については「屋体の広大なるばかりにして料理は甚不手際」「ことに給仕人の無作法なるは驚くべし」とくさし、「パンのよきものを出す店ならば料理は必ず悪しからず」と店選びのポイントを説いているが、具体的な味の好みよりも店舗の実直精勤を重視する姿勢が滲んでいる。その一方で「露店で食う豚の肉の油揚げは、既に西洋趣味を脱却して、しかも天麩羅と抵触することなく、更に別種の新しきものになり得ている」（「銀座」）と柔軟なところも見せている。要は、店構えと味、客あしらいのバランスよく揃っていて、気持ち良く食事が摂れることが大切なのだ。もっとも戦中戦後の食糧難時代には贅沢は言えず「羊羹」「にぎり飯」「買出し」など、時節柄の食料小説を書いた。

『断腸亭日乗』には日々の酒食、ことにカフェや酒舗の名が記載されており、食事や甘味処も「風月堂」、「精養軒」、銀座「清新軒」、冨士見町「桔梗屋」、神楽坂上「田原屋」、銀座裏「九辺留」など多くの店名が出て来るし、「ハトヤ喫茶店」の葛餅、「梅園」の汁粉などもでてくる。だが味についての記載は乏しい。「成駒屋に飲む。海鼠味佳なり」（昭和一三年一〇月八日）などは例外なのである。

荷風は贔屓の店を決めると、ほとんどそこでばかり食べていた。しかもそれぞれで定番料理を決めて、飽きることなく食べ続けた。好んだというより、日常の営みを規則正しく変化なく過ごすべく、自ら律していたかと思えるほどの定番ぶりだった。

浅草の老舗泥鰌屋「飯田屋」もそのひとつで、ここでは柳川鍋と決めていた。『断腸亭日乗』には昭和二六年一月一五日に登場して以来、頻繁にその名がみられる。ただし踊子たちをつれてのことで、それ以前から来ていたと思われる。二八年には後半六カ月だけで五八回も訪れ、三三年には元旦にも店の戸を叩いて開けさせている。洋食では浅草の「アリゾナ・キッチン」。『日乗』の昭和四年七月一二日の項に「晩間浅草。仲見世東裏通の洋食アリゾナにて晩食を喫す。味思いの外に悪からず、価亦廉なり」とあり、二日後に再訪、以降しばしば踊子らとやって来た。ここではビーフシチューやチキン・レバー・クレオール（欧風のもつ煮込み）を好み、二週間連続で同じものを食べたりした。

「尾張屋本店」も常連で、ここではかしわ南蛮蕎麦と決めていた。注文せずとも店の者が気を利かせてかしわ南蛮を出す関係だった。アリゾナや尾張屋などでは、それぞれ座る席も決めていて、他に空きがあっても定席が他人に占められていると食事をせずに店を後にしたという。こうなると粋とか通から逸脱し、風狂というべきかもしれない。市川に隠棲した最晩年には同地の「大黒屋」で毎日のようにカツ丼を食べていた。やはり同じ席に懸けたという。戦後の荷風は、特別な料理ではなく、真面目に作られた滋養ある食事を、健筆長命の礎として重んじていたように思う。

一方、**谷崎潤一郎**（一八八六〜一九六五）は女性に対してと同様、食に対しても好奇心旺盛で、あらゆるタイプを味わい尽くし、描き尽くした感がある。日本橋生まれの谷崎は、まず江戸風の味に親しみ、長じては和洋中の酒食を楽しみ、震災後に関西に移ってからは上方の薄味を好むようになった。

「美食倶楽部」（「大阪朝日新聞」大正八年一〜二月）はそんな谷崎が描く、グロテスクなまでに豪奢贅美を尽くした美食探究小説だ。この時期、谷崎は大衆文化が花開いた浅草や銀座で熱心に遊び、モダン風俗に心を躍らせていた。なんにでも貪欲に手を出す谷崎が発揮しているのは、ある意味では粋の対極にある野暮の精神だ。しかし野暮は大通へ至る道でもある。何も体験せずに頭脳だけで達観するのは通とはいえず、野暮で貪欲で愚かで愛すべき精勤を通過してこそ本当の粋に至るのだろう。悟りを開く前にブッダは地上のあらゆる喜怒哀楽を味わい尽くしたとされる。

谷崎は幼少期に親しんだ味として、大根のはりはり漬、蓬萊屋の煮豆、五色揚げ（精進揚げ）、鰐昆布、葱鮪、牛鍋（すき焼き）をあげている（「幼少時代の食べ物の思い出」）。

子供の頃に親しんだ店に浅草の割烹「一直」や「万梅」、大衆的な「宇治の里」などがあり、川魚料理の老舗「重箱」や蕎麦の「米市」、また天ぷらの銀座「天金」などに連れて行ってもらったこともあった。谷崎家では鶏料理の「玉ひで」からはよく料理を取り、また家族で出かけた。ここは親子丼発祥の店といわれるが、一家は軍鶏料理を好んだ。また叔父には洋食屋「吾妻亭」などに連れて行ってもらった。子供の頃の谷崎は、ビフテキと蠣フライが好物だった。

谷崎の生家は元々は裕福な商家だったが、父は商才に乏しく、急激に没落して食卓が貧しくなったばかりでなく、子どもだった潤一郎に女中替わりをさせるほどに窮乏した。このトラウマが、潤一郎に父への反感と食に対する複雑な感情を抱かせることになる。

学業優秀だった潤一郎は周囲の援助で漸く中学に進んだが、精養軒の経営者・北村宅に家庭教師として住み込んだ。しかし書生扱いで、食事も当主家族とは異なり使用人のそれだった。幼稚園時代からの親友である笹川源之助は陰日向に谷崎を援助し、しばしば実家である中華の名店「偕楽園」で御馳走した。また一高・東大の学費や「新思潮」同人費も援助した。

作家として立った谷崎は、浅草を中心に先端的な遊興を楽しみ、料理も和洋中から、ややゲテモノ的なものまで探究した。谷崎は酒食ともに人一倍であり、青年期には濃厚な味を好んだ。それが大きく転換するのは関東大震災後に関西に移ってからだった。京阪神には洋食屋や中華料理屋も多かったが、谷崎はここで和食党になり、京風の薄味好みを標榜するようになる。随筆「上方の食いもの」には「純粋の日本料理は上方に発達したので、江戸前の料理はその実田舎料理なのだ」と記し、「東西味くらべ」でも江戸前は味が濃すぎると書いている。これは実際の感想であるばかりでなく、伝統文化を摂取し同化しようという谷崎の〝勤勉さ〟の表われであったように思う。上方好みや古典回帰は、作品では『蓼喰ふ虫』や『吉野葛』などを経て、『源氏物語』の翻訳や『細雪』に結晶していくことになる。もちろん実際に谷崎は「瓢亭」「たん熊」「吉兆」など京阪の名店をよく利用しており、浅草辺の大衆店の「面白い味」とは違う「本物」を堪能したのも事実だろう。その一方で神戸から食材を取り寄せて三食揃って洋食という時期もあり、濃厚好みが消え失せたわけではなかった。

晩年は京都の冬が身に応えるようになり、昭和三一年に熱海に移ったが、京都から「松屋」のみそ松風、「道喜」の粽、岡山「初平」の和菓子、また東京「空也」の空也草紙などを取り寄せていた。東京に出ると洋食は「小川軒」、和食は「浜作」か「辻留」と決めており、自宅用に「千疋屋」の果物、「開新堂」のケーキ、「ケトル」のパンとソーセージなどを買い求めた。

芥川龍之介（一八九二〜一九二七）の「魚河岸」（「婦人公論」大正一一年八月号）は築地の話なので魚かと思いきや、舞台となっているのは手軽に楽しめる洋食屋である。

芥川は晩年の随筆「本所両国」で、さまざまな下町の料理屋を書き連ねている。例えば「井生村楼や二州楼という料理屋も両国橋の両側に並んでいた。それから又すし屋の与平、うなぎ屋の須崎屋、牛肉の外にも冬になると猪や猿を食わせる豊田屋、それから回向院の表門に近い横町にあった「坊主軍鶏」――」。本所育ちの芥川にとってこれらの店が並ぶ街並みは、子供の頃から見知った風景であり、たまには訪れたこともある店だった。

芥川龍之介は京橋区入船町に新原敏三の長男として生まれたが、本所区小泉町の芥川家（母の実家）で育ち、一一歳の時に正式に養子となった。芥川家は将軍家に仕えて茶の湯などを担当した御数寄屋坊主の家系で、家内には江戸の文人趣味が色濃く残っていたが、食に関しては士風を伝えてか一汁一菜を基本とした簡素なものだった。それは芥川の体質にもあっていた。病弱だったため子供の頃は牛乳を飲まされたが、こちらは苦手だった。

大人になってからも和食を好み、特に鰤の照焼きが好きだった。作家仲間と出かけた店としては鳥鍋の「古今亭」や天ぷらの「花長」蕎麦の「浅野屋」などが知られる。食が細く、谷崎潤一郎と出かけると、その健啖ぶりにあきれるのが常だった。作家生活が行き詰まってからは不眠や神経衰弱に苦しんだことが知られているが、以前から胃腸も弱く、風邪も引きやすかった。

洋食も食べたが、こってりしたものは苦手で、フルコースなどは胃腸の許容限度を超えるためか、好きではなかった。下戸だったこともあり、長時間の宴席も苦痛だったようだ。小説「たね子の憂鬱」は帝国ホテルでの宴席に初めて出席しなければならなくなった婦人が鬱に陥る物語だ。彼女はホテルでの苦しい時間を終えての帰途、横丁の飯屋で気儘に飯を食う人の姿に心和ませるのだった。

そんな芥川にとって、和菓子は喉越しやさしく、美味しくて栄養価も高い、とても好ましい食べ物だった。「長命寺」の桜餅、「船橋屋」の葛餅、それにお汁粉が好きだった。随筆「しるこ」では、浅草の「梅園」や「松村」、広小路の「常盤」の名をあげ、さらに「帝国ホテルや精養軒のマネエヂヤア諸君は何かの機会に紅毛人たちにも一椀の『しるこ』をすすめて見るが善い。彼等は天ぷらを愛するように『しるこ』をも必ず――愛するかどうかは多少の疑問はあるにもせよ、兎に角一応はすすめてみる価値のあることだけは確かであろう」と書いている。

そんな芥川にとって魚河岸の洋食屋は、猥雑ながらも気さくで温かみがあり、味もいくらか和風にアレンジされていて好ましかったのかもしれない。

泉鏡花（一八七三～一九三九）が極端な潔癖症だったことは、よく知られている。食物も煮るなり焼くなりしていないと不安で、たぎった湯が目の前にないと落ち着かないほどだった。鳥鍋やすき焼きも、よく煮てからでないと食べなかった。そのため、赤みが残っているような生煮えを好む相客と鍋を囲むと、鏡花はなかなか肉にありつけなかった。そのため「こちらからこちらは私。そちらはあなた」と鍋に仕切りを設定することもあった。他人の箸が触れたものを食べたくないという気持ちもあったのかと思う。そんな鏡花の好物は豆腐。湯豆腐は鏡花にとって衛生・味覚両面でとても好ましい食べ物だった。というわけで鏡花作品からは「湯どうふ」(「女性」大正一三年二月号)を。ちなみに鏡花は豆腐の〝腐〟の字を嫌って〝豆府〟と書くほど神経質だった。

若くて上京したての頃の鏡花は、友人の下宿を転々とし、また尾崎紅葉門下となって書生を務めたこともあったが、その頃は潔癖症ではなかった。それが三十歳の頃に赤痢にかかって以来黴菌恐怖症となり、また実際に胃腸が弱い体質となったため、人一倍清潔に気を遣うようになったのだった。鏡花の夫人すずは、胃病の際に鏡花の身の回りの世話をした女性だったから、彼の食物への拘りをよく理解して、菜汁の整えから番茶の入れ方まで〝鏡花好み〟を大切に保った。

岡本かの子(一八八九〜一九三九)は「食魔」や「家霊」など、食べ物が大きな意味を持つ小説を多く書いているが、「鮨」(「文藝」昭和一四年一月号)もその一つ。かの子は食べる側ばかりでなく、料理人や料理屋側の心根を描くのも巧みだった。日々料理をしている女性は、料理屋で何かを食べても、その食材や作り方、手間や隠し味などに洞察が鋭いのかもしれない。かの子の生家は江戸の御用商人の家柄で、その遺風が色濃く残っていた。少女時代から隠し味に凝った薄い味付けにならされたといい、味覚にも敏感だった。

九州福岡の出身である**夢野久作**（一八八九～一九三六）には『東京人の堕落時代』や「いなか、の、じけん」など、地方人の視点から見た都市生活や近代的合理主義への違和感を申し立てた作品があるが、「お茶の湯満腹記」（「文芸通信」昭和一〇年四月号）も、伝統的ハイカルチャーに接した不調法者の滑稽な感想の形を取っている。しかし読めば分かるとおり、実際には三井財閥の総師として、金に飽かせて名物道具集めに狂奔し、顕示的消費に得々としている富豪風流人を揶揄した作品である。落語に、半可通の若旦那や中途半端な知識を振り回して悦に入っている大家や御隠居を、無知な八つぁん熊さんがふりまわす体の噺があるが、本作の味わいはそれに似ている。

ひたむきな食欲を、真っ直ぐに表現した歌人に**斎藤茂吉**（一八八二～一九五三）がいる。「食」は茂吉が「アララギ」で長く続けていた連載随筆に昭和二二年一二月、二三年一月の二回分に渡って発表したもの。茂吉は山形県の農家に三男として生まれた。秀才の誉れ高かった彼は、東京で医師として成功していた同郷人・斎藤紀一の養子となり、精神科医になって病院を継いだが、生涯、東北人らしい粘り強さと食の好みを保った。

茂吉には「あなうま、粥強飯を食すなべに細りし息の太りゆくかも」「妻とふたり命まもりて海つべに直つつましく魚くひにけり」「日の入のあわただしもよ洋燈つりて心がなしく納豆を食む」「みちのくの妹が吾におくり来し餅をぞ食ふ朝もゆふべも」など食にまつわる歌が多い。「赤茄子の腐れてゐたるところより幾程もなき歩みなりけり」や「夕されば大根の葉に降る時雨いたく寂しく降りにけるかも」などは叙景を越えて、農家の暮らし向きや農作物への想いが滲んでいる。たぶん茂吉は、田畑を見てもその景色の中に収穫の味をも感じ取れる人だったし、逆も然りだったろう。

「ただひとつ惜しみて置きし白桃のゆたけきを吾は食ひをわりけり」のひたむきさには思わず笑ってしまう。

そんな茂吉の好物は鰻だった。「食」にも鰻が出て来る。茂吉は鰻を食べるとたちまち疲労が取れ、寝不足も吹き飛ぶほどの活力が体に漲ると感じていた。鰻を詠んだ歌も数多くある。「あたたかき鰻を食ひてかへりくる道玄坂に月おし照れり」「肉厚き鰻もて来し友の顔しげしげと見むいとまもあらず」「最上川に住みし鰻もくはむとぞわれかすかにも生きてながらふ」「汗垂れてわれ鰻くふしかすがに吾よりさきに食ふ人のあり」……。

「もろびとのふかき心にわが食みし鰻のかずをおもふことあり」——茂吉は生涯に千匹を

超える鰻を食べたといわれている。それだけに鰻供養、自身の血肉になった生命への感謝の念を詠んだ歌もある。「吾がなかにこなれゆきたる鰻らを思ふていれば尊くもあるか」。ここに殺生戒を犯す罪悪感はない。吾も生命、彼も生命。生きとし生けるものは、食べられることでも通い合う。「けだものは食もの恋ひて啼き居たり何というやさしさぞこれは」という感覚は、いかにも茂吉らしいと私は思う。

太平洋戦争がはじまる前の新体制時代から、日本の食糧事情は次第に窮屈になっていた。鰻好きの茂吉は将来への不安から、昭和一六年春に鰻の罐詰を大量に買い込んでいる。そして戦中戦後はこれを頼りに暮らした。終戦後の歌に「戦中の鰻のかんづめ残れるがさびて居りけり見つつ悲しむ」がある。

それほどまでに鰻が好きだった茂吉も最晩年には胃腸が衰えたのか「ひと老いて何のいのりぞ鰻すらあぶら濃過ぐと言はむとぞする」と詠んでいるのは、ちょっと悲しい。

山本周五郎（一九〇三〜一九六七）の「尾花川」（「婦人倶楽部」昭和一九年四月号）は現在『小説　日本婦道記』に収められている。『小説　日本婦道記』にはいくつかのバリエーションがあり、最初の版は昭和一八年に大日本雄弁会講談社から出版されたが、昭和一九年発表の「尾花川」は当然ながらこれには収録されておらず、昭和二二年に民衆者から刊行された『糸ぐるま　続・日本婦道記』に収録された。そして昭和三三年に周五郎自身の選により新潮文庫版『小説　日本婦道記』が編まれた際、改めて同書に収められた。周五郎はこれを以って「定本」とした。

戦時中に発表された「尾花川」は、時節柄、倹約と愛国を説く物語として読まれただろうが、戦後になって読み直すと、勤皇を唱えて世論を煽る一方で、自己の権限拡大や私利に耽る偽忠臣としての軍部、隠匿物資の横流しで私腹を肥やすブローカーなどへの痛烈な風刺のようでもある。いずれにせよこの作品を、占領下にもかかわらず単行本に収めた山本周五郎には、熱い気概を感じる。

山本周五郎には食に関する独自の考え方があり、好みが偏っていた。健康面にはルーズで、酒食共に旺盛で平時には晩酌を欠かさなかった上、日本酒よりもワインやウイスキーを好み、食事やつまみもチーズや肉類を好んだ。高脂肪高蛋白だと周囲がいさめても聞かなかった。蕎麦やパンを好み、白米はあまり好きでなく、編集者などと食事を共にする際、相手が御飯をたくさん食べると「それでは仕事が出来まい」と機嫌が悪かったという。

太宰治（一九〇九〜一九四八）は青森県有数の大地主の家に、六男として生まれたので、ひもじい思いをしたことはなかった。しかし毎日、大家族が並んで銘々の膳に箸を付けるのは苦痛だったと「人間失格」で述べている。座敷での食事は、それぞれが立場に応じた座に着いての〝序列〟の場であり、当主である父や長兄が上座に座っていた。そこから遠く隔たった座敷末端に就く末っ子の彼には、家族内でも序列が重んじられる生活が理不尽に思われたのかもしれない。それでも食べること自体は苦痛ではなかったようで、「津軽」では「いやしく見られない程度にシャコの皮をむき、蟹の脚をしゃぶり（中略）ヤリイカの胴にヤリイカの透明な卵をぎゅうぎゅうつめ込んで、そのままお醬油の附焼きにして輪切りにしてあったのが私にはひどくおいしかった」と回想している。もっともこれは花見か何かの折の重箱料理で、序列的な座敷を離れた食事だった。太宰は蟹が好きだったようで、津軽への帰省に際して蟹田の蟹を土産にしている。

太宰はよく飲んだが、よく食べもした。「食通」では「友人の檀一雄などに、食通というのは大食いのことを言うのだと真面目な顔をして教えて、おでんや等で、豆腐、がんもどき、大根、また豆腐というような順序で際限もなく食べて見せると、檀君は目を丸くして、君は余程の食通だねえ、と言って感服したのであった。（中略）安くておいしいものを、たくさん食べられたら、これに越したことはないではないか。当たり前の話だ。すなわち食通の奥義である」と書いている。

実際、豆腐は自宅でも毎日のようにたくさん食べた。しょっちゅう豆腐ばかり買うので近所で評判になるほどだったという。歯が悪くて硬いものが食べ難かったという事情もあるらしい。豆腐ばかりが好きだったわけではなく、ともかく健啖家で、他人の家ですき焼きを御馳走になった際には、ネギや白滝には目もくれず、ひたすら一人で肉をあらかた平らげてしまい、呆れられている（青柳瑞穂『太宰治の思い出』）。

「食通」にも登場する檀は、太宰は味にはうるさくなく、無色無頓着だったとし、「絶対、確信を持てるのは調味料だけ」と言って、ひたすら食べ物に化学調味料をかける癖があった（『小説　太宰治』）とも書いている。東北人らしく濃い味付けが好きだったのに加えて、化学調味料の刺戟を好んだのかもしれない。

実際、味への特別なこだわりはなく、庶民的な店、酒が楽しく飲める店、人柄の好ましい店主や店員がいて、時に飲み過ぎて迷惑をかけ、また店員をからかうなど少々の悪戯をしても許される、暖かみのある店を好んだ。小説「眉山」には〝帝都座の裏の若松屋〟が出て来る。これは三鷹駅近くに実在した店で、太宰はそこの常連だった。作中では酒の話やピントの外れた店員のおかし味が目立つが、実際の若松屋では太宰は鰻飯や刺身を楽しんでいた。この店は後に国分寺に移転したが、今も健在なはずだ。

「チャンス」（「藝術」昭和二一年七月号）に出て来る雀焼は、太宰にとって子供時代の思い出と結びついた故郷の味だった。そういえば『津軽通信』にも雀を撃つ逸話が出て来る。味覚は身体に刻まれた郷愁であり、故郷そのものである。

出典一覧（初出と底本を示す）

森鷗外「牛鍋」――初出「心の花」（明治四三〔一九一〇〕年一月）／底本『鷗外全集』（岩波書店、昭和四七〔一九七二〕年四月）
国木田独歩「牛肉と馬鈴薯」――初出「小天地」（明治三四〔一九〇一〕年十一月／底本『明治文学全集66國木田獨歩集』（筑摩書房、昭和四九〔一九七四〕年八月）
夏目漱石「吾輩は猫である」――初出「ホトトギス」（明治三八〔一九〇五〕年一月～明治三九〔一九〇六〕年八月）／底本『漱石全集』（岩波書店、一九五六年五月）
林芙美子「小さい花」――初出「新潮」（昭和八〔一九三三〕年九月号／底本『林芙美子全集第十五巻』（新潮社、昭和五二〔一九七七〕年四月）
正岡子規「御所柿を食いし事」――初出「ほととぎす」（明治三四〔一九〇一〕年三、四月）／底本『明治文学全集53正岡子規集』（筑摩書房、昭和五〇〔一九七五〕年四月）
幸田露伴「菊――食物としての」――初出「鉄塔」（昭和七〔一九三二〕年十一月号）／底本『露伴全集』（岩波書店、昭和二九〔一九五四〕年七月）

永井荷風「風邪ご丶ち」——初出「中央公論」（明治四五〔一九七〇〕年四月号）／底本『荷風全集』（岩波書店、昭和三八〔一九六三〕年一月）
谷崎潤一郎「美食倶楽部」——初出「大阪朝日新聞」（大正八〔一九一九〕年一～二月）／底本『谷崎潤一郎全集 第7巻』（中央公論新社、二〇一六〔平成二八〕年一一月）
芥川龍之介「魚河岸」——初出「婦人公論」（大正一一〔一九二二〕年八月号）／底本『芥川龍之介全集第五巻』（岩波書店、昭和五二〔一九七七〕年一二月）
泉鏡花「湯どうふ」——初出「女性」（大正一三〔一九二四〕年二月号）／底本『鏡花全集』（岩波書店、昭和一七〔一九四二〕年一〇月）
岡本かの子「鮨」——初出「文藝」（昭和一四〔一九三九〕年一月号）／底本『岡本かの子全集』（冬樹社、昭和四九〔一九七四〕年三月）
夢野久作「お茶の湯満腹記」——初出「文芸通信」（昭和一〇〔一九三五〕年四月号）／底本『夢野久作全集7』（三一書房、昭和四五〔一九七〇〕年一月）
斎藤茂吉「食」——初出「アララギ」（昭和二二〔一九四七〕年一月号～昭和二六〔一九五一〕年三月号）／底本『斎藤茂吉全集第七巻』（岩波書店、昭和五〇〔一九七五〕年六月）
山本周五郎「尾花川」——初出「婦人倶楽部」（昭和一九〔一九四四〕年四月号）／底

本『日本婦道記・柳橋物語』（新潮社、一九五六〔一九八一〕年九月）
太宰治「チャンス」――初出「藝術」（昭和二二〔一九四六〕年七月号）／底本『太宰治全集第八巻』（筑摩書房、昭和三一〔一九五六〕年五月）

編集付記

一、旧字・旧仮名遣いは新字・現代仮名遣いに改めた。また適宜、改行を施した。

二、明らかな誤字・脱字は訂正した。

三、外来語や地名・人名などのカタカナ表記は現在、多用される表記に改めた。

四、今日の人権意識に照らして、民族・職業・疾病・身分について差別語及び差別表現があるが、本作品が描かれた時代背景や著者が故人であることを考慮し、発表時のままとした。

編集部

中公文庫

文豪《ぶんごう》と食《しょく》
——食《た》べ物《もの》にまつわる珠玉《しゅぎょく》の作品集《さくひんしゅう》

2019年10月25日　初版発行

編　者　長《なが》山《やま》靖《やす》生《お》

発行者　松田陽三

発行所　中央公論新社

〒100-8152　東京都千代田区大手町1-7-1
電話　販売　03-5299-1730　編集　03-5299-1890
URL http://www.chuko.co.jp/

DTP　平面惑星
印　刷　三晃印刷
製　本　小泉製本

Published by CHUOKORON-SHINSHA, INC.
Printed in Japan　ISBN978-4-12-206791-2 C1191

中公文庫既刊より

各書目の下段の数字はISBNコードです。978-4-12が省略してあります。

こ-30-1
奇食珍食
小泉武夫
蚊の目玉のスープ、カミキリムシの幼虫、ヒルのソーセージ、昆虫も爬虫類・両生類も紙も灰も食べつくす、世界各地の珍奇でしかも理にかなった食の生態。
202088-7

こ-30-3
酒肴奇譚《しゅこうきたん》　語部醸児之酒肴譚《かたりべじょうじのしゅこうたん》
小泉武夫
酒の申し子「諸白醸児」を名乗る醸造学の第一人者で、東京農大の痛快教授が〝語部〟となって繰りひろげる酒にまつわる正真正銘の、とっておき珍談奇談。
202968-2

こ-30-5
灰と日本人
小泉武夫
発火、料理、消毒、肥料、発酵、製紙、染料、陶芸等、道具や材料だった必需品について食生活、社会、風俗、宗教、芸術に分け入り科学と神秘性を解き明かす。
206708-0

よ-17-12
贋食物誌《にせしょくもつし》
吉行淳之介
たべものを話の枕にして、豊富な人生経験を自在に語る、洒脱なエッセイ集。本文と絶妙なコントラストを描く山藤章二のイラスト一〇一点を併録する。
205405-9

い-14-2
食事の文明論
石毛直道
銘々膳からチャブ台への変化が意味するものとは？外食・個食化が進む日本の家族はどこへ向かうのか？人類史の視点から日本人の食と家族を描く名著。
206306-8

ま-17-13
食通知ったかぶり
丸谷才一
美味を訪ねて東奔西走、和漢洋の食を通して博識が舌上に転がすは香気充庖の文明批評。序文に夷齋學人・石川淳、巻末に著者がかつての健啖ぶりを回想。
205284-0

よ-5-10
舌鼓ところどころ／私の食物誌
吉田健一
グルマン吉田健一の名を広く知らしめた「舌鼓ところどころ」、全国各地の旨いものを紹介する「私の食物誌」。著者の二大食味随筆を一冊にした待望の決定版。
206409-6

う-30-3
文士の食卓
浦西和彦 編

甘いものに目がなかった漱石、いちどきにうどん八杯を平らげた「食欲の鬼」子規。共に食卓を囲んだ家族、友人、弟子たちが綴る文豪たちの食の風景。

206538-3

お-5-2
味覚 清美庵美食随筆集
大河内正敏

理研の総帥が、巣鴨プリズンの独房の中で、うまいものの数々を追想し、かつて浸った豊かな味覚の世界に想いを馳せた珠玉の食エッセイ本。〈解説〉細川光洋

206635-9

し-31-6
食味歳時記
獅子文六

ひと月ごとに旬の美味を取り上げ、その魅力を一年分綴る表題作ほか、ユーモアとエスプリを効かせた食談を収める、食いしん坊作家の名篇。〈解説〉遠藤哲夫

206248-1

し-31-7
私の食べ歩き
獅子文六

日本で、そしてフランス滞在で磨きをかけた食の感性と、美味への探求心。「食の神髄は惣菜にあり」との境地を綴る食味随筆の傑作。〈解説〉高崎俊夫

206288-7

む-27-2
食道楽
村井弦斎
村井米子 編訳

和洋中、四季折々、多種多様の料理をレシピと共に味わうグルメ小説の元祖。明治期空前のベストセラーを読みやすくコンパクトな現代語抄訳で初めて文庫化。

206641-0

あ-66-2
味 天皇の料理番が語る昭和
秋山徳蔵

半世紀にわたって昭和天皇の台所を預かり、日常の食事と無数の宮中饗宴の料理を司った「天皇の料理番」が自ら綴った一代記。〈解説〉小泉武夫

206066-1

あ-66-1
舌 天皇の料理番が語る奇食珍味
秋山徳蔵

半世紀以上を天皇の料理番として活躍した著者が「舌は味覚の器であり愛情の触覚」と悟った極意をもって秘食強精からイカモノ談義までを大いに語る。

205101-0

あ-66-3
味の散歩
秋山徳蔵

昭和天皇の料理番を務めた秋山徳蔵が〝食〟にまつわるあれこれを自ら綴る随筆集。「あまから抄」「宮中の正月料理」他を収録。〈解説〉森枝卓士

206142-2

各書目の下段の数字はISBNコードです。978－4－12が省略してあります。

あ-66-4
料理のコツ
秋山徳蔵
高級な食材を使わなくとも少しの工夫で格段に上等な食卓になる――「天皇の料理番」が家庭の料理人に向けて料理の極意を伝授する。〈解説〉福田浩
206171-2

き-7-3
魯山人味道
北大路魯山人
平野雅章 編
書・印・やきものにわたる多芸多才の芸術家・魯山人が終生変らず追い求めたものは〝美食〟であった。折りに触れ、書き、語り遺した美味求真の本。
202346-8

く-25-1
酒味酒菜
草野心平
海と山の酒菜に、野バラのサンドウィッチ……。詩作のかたわら居酒屋を開き、酒の肴を調理してきた著者による、野性味あふれる食随筆。〈解説〉高山なおみ
206480-5

し-15-15
味覚極楽
子母澤寛
〝味に値無し〟――明治・大正のよき時代を生きた粋人たちが、さりげなく味覚に託して語る人生の深奥を聞書き名人でもあった著者が綴る。〈解説〉尾崎秀樹
204462-3

た-34-6
美味放浪記
檀一雄
著者は美味を求めて放浪し、その土地の人々の知恵と努力を食べる。私達の食生活がいかにひ弱でマンネリ化しているかを痛感せずにはおかぬ剛毅な書。
204356-5

た-34-7
わが百味真髄
檀一雄
四季三六五日、美味を求めて旅し、実践的料理学に生きた著者が、東西の味くらべはもちろん、その作法と奥義も公開する味覚百態。〈解説〉檀太郎
204644-3

な-52-4
文豪と酒　酒をめぐる珠玉の作品集
長山靖生 編
漱石、鷗外、荷風、安吾、太宰、谷崎ら16人の作家と白秋、中也、朔太郎ら9人の詩人の作品を厳選。酒に託された憧憬や哀愁がときめく魅惑のアンソロジー。
206575-8

な-52-5
文豪と東京　明治・大正・昭和の帝都を映す作品集
長山靖生 編
繁栄か退廃か？ 栄達か挫折か？ 漱石、鷗外、鏡花、荷風、芥川、谷崎、乱歩、太宰などが描いた珠玉の作品を通して移り変わる首都の多面的な魅力を俯瞰。
206660-1

かつて日本人は夢を生きていた
近代日本の夢想力の起源と系譜を探る

奇異譚とユートピア
近代日本驚異〈SF〉小説史

長山靖生 著

明治期以降、ヴェルヌやロビダなど海外の小説の影響を受けながらも、独自に発展した科学小説や冒険小説、政治小説をジャンル別に紹介、当時の世相とその生成過程の関わりを分析。

図版多数　　A５判単行本

目次